프롤로그

너는

율아, 너 그거 알아?

행복은 늘 우리 가까이에 있어.

아주 가까이에.

어쩌면 행복은 이미 우리의 편일 수도.

근데 왜 나는 행복하지 못할까.

왜 행복하지 않을까.

미래를 위해서 노력하면 뭐 해.

지금의 내가 이렇게나 아프고 힘든데.

그러니까 너는 그러지 않았으면 좋겠어.

안 아프면 좋겠어. 힘들지 않으면 좋겠어.

나중을 위해서 살기보다는

오늘을 위해서, 지금을 위해서 살면 좋겠어.

내일보다는 오늘이 더 행복했으면 좋겠어.

너는 너대로 살았으면 좋겠어.

내가 도와줄 테니까.

나는 항상 네 편 꼭 해줄 테니까.

그래서, 너는 행복해?

너는 항상 행복했으면 좋겠어.

목차

프롤로그 - 너는

제1장 아직 봄이라고 하기에는 ··· 10

제2장 꽃이 필 날씨 ··· 18

제3장 너랑 나 ··· 36

제4장 행복 ··· 58

제5장 겨울눈 ··· 88

제6장 서로에게 안녕이란 인사를 건네며 ··· 102

제7장 우리가 이 세상을 살아가는 법 ··· 122

에필로그 - 2025년 09월 01일

작가의 말 - 행복해지기 위한 조건

은방울꽃

틀림없이 찾아올 행복

아직 봄이라고
하기에는

방금 내가 잘못 들은 건가.

아니면 너무나도 정확하게 잘 들은 건가.

"백지혜? 맞네~ 오랜만이다. 야~ 너는 잘 지내나 보네? 옆에는… 친구?"

내가 쓸데없이 잘 들은 거였다. 정지윤이네.

떨렸다. 이렇게 다시 보게 된다면, 욕을 하며 받아치고 싶었는데. 어째서인지 내 목소리는 성대의 어딘가에 걸려서 나오지 않았다. 아니, 나오지 못했다.

"너 누구냐? 얘 알아?"

수정이가 당황한 나를 대신해서 정지윤에게 답을 했

다. 그런데 정지윤은 그런 수정이가, 수정이의 대답이 마음에 들지 않았나 보다.

"많이 친한가 봐, 지혜야? 박… 수정? 얘는 알아? 작년에 네가 어땠는지? 모르려나?"

"지혜야, 아는 애야?"

"아 그게, 어. 작년에 그냥 조금 알던 애야."

아는 애라고 답하기 싫었지만, 그래도 아예 모르는 사이까지는 아니니까. 그래도 최소한의 예의는 지켜주어야 하는 거니까. 그래서 조금 아는 애라고 말했다. 그 말이 우리 사이를 표현하기에 가장 잘 어울리잖아, 지윤아. 맞지?

"모르나 보네~ 지혜야, 내가 알게 해줄까? 네가 뭘 했는지?"

싫어. 싫다고.

악랄하게 물으며 웃는 정지윤을 보니,

작년이 떠올랐다.

이제는 다 괜찮아진 줄 알았는데. 아니었나 봐.

"야, 그냥 가자. 저딴 애를 뭐 하러 상대해."

수정이는 빈정거리는 정지윤을 무시하며 나를 데리고 그 자리에서 나왔다. 우리는 정지윤의 시야에서 완전히 벗어날 때까지 걸었다. 복도 끝에 다다르자 그제서야 나는 정지윤에게서 완전히 벗어날 수 있었다. 나는 수정이가 걸음을 멈추자마자 참았던 숨을 한 번에 몰아쉬었다. 솔직히는 무서웠다. 정지윤이. 몇 분이 채 안 되는 시간이었지만 나한테는 1시간처럼, 몇 시간처럼 아주 길게 느껴졌다.

"야, 괜찮아?"

수정이는 나를 보며 물었다.

"…응."

"너 안 괜찮아 보여."

"아니야, 나 괜찮아. 진짜로 괜찮아."

"그래도…"

"나 진짜 괜찮아. 그냥 조금 놀라서 그래. 수정아, 도와줘서 고마워."

"아, 아까? 무슨 사이인지는 잘 모르겠는데, 그렇게 좋아 보이지는 않아서… 그냥, 뭐."

"진짜 고마워, 수정아."

"지혜야, 근데 나 이제 가봐야 될 거 같은데… 너 진짜 괜찮은 거 맞지?"

"응응. 나 진짜 괜찮으니까 너 먼저 가."

나는 수정이를 애써 웃어 보이며 보냈다.

한 걸음, 두 걸음씩 수정이는 나에게서 멀어져 갔다.

그때 너를 보내면 안 되는 거였는데.

1년이 지났지만 아직까지도 나에게 정지윤은 무서운 존재였다. 작년보다는 나아졌다고 생각했지만 아니었나 보다. 나는 계속 그대로 있었나 보다. 단 한 걸음도 앞으로 나아가지 못하고.

작년의 기억들이 지금 눈앞에 일어나는 거처럼 생생하게 떠올랐다. 나를 더럽다는 듯이 쳐다보는 그 눈빛들과 주고받는 대화들이 기억 속에서 일어나 내 귀에, 내 눈에 들어왔다.

이제는 더 이상 보지 않아도 되는 사이라고 생각했는데. 그건 내 착각이었나 보다.

"지혜, 안녕?"

"또 보네?"

정지윤은 다시 나한테 다가왔다.

어떻게 안 걸까. 나는 어쩌면 아직 너에게서 벗어나지 못했나 보다. 내가 뭘 그렇게 잘못했다고 나한테만 그러는 걸까. 무슨 잘못이 있다고.

"지혜야, 감히 네가 친구를 만들어? 네가 작년에 뭘 했는지 벌써 잊었어?"

나는 그 물음에 아무 대답도 할 수 없었다. 그냥 옛날처럼 그 자리에 서서 바닥만 보고 있었다.

멍청하게도.

"지혜야, 대답."

"……"

"대답하라니까?"

지금 내가 대답을 하지 않으면 어떤 일이 일어날지 잘 알았지만, 나는 끝까지 아무 말도 하지 않았다.

"우리 지혜, 내가 대답하라고 했지?"

저 말을 끝으로 정지윤은 정강이를 찼다.

나는 바닥에 자빠졌다.

"그게 네 위치야. 알아? 어디서 나대, 짜증 나게."

나는 다시 일어나지 않고 그냥 가만히 있었다.

괜히 자존심 내세우고 싶지도 않았고 반응하기도 싫었다. 그냥 그러고 싶었다. 늘 있던 일이니까. 적어도 나에게는 익숙한 일이니까.

정지윤은 그런 나를 보며 웃었다. 뭐가 그리 재밌는지 나를 불쌍하다는 듯이 쳐다보며 웃었다.

정지윤이 웃자 김가연도, 이시은도 따라 웃었다.

어떻게 쟤들은 작년과 달라진 게 하나도 없을까.

"지혜야, 그럼 우리 먼저 갈게~ 다음에 보자~ 아, 그리고 그때까지 그 친구는 잘 정리해 놔, 알겠지?"

정지윤은 그 말을 끝으로 내 시야에서 사라졌다.

나는 또 비참하게 끝까지 바닥에 자빠져 있었다.

옥상에 갔다.

생각하고 또 생각했다.

오늘 하루 동안 무슨 일들이 있었는지. 그중에서 내가 잘못하거나 실수했던 부분은 없었는지. 그리고 앞으로는 어떻게 할지. 그 수많은 생각들 중에서는 내가 정지윤에게 어떻게 했는지도 포함되어 있었다. 이런 생각까지 하는 내가 나도 한심했다. 그냥 무시하고 지나쳐도 될 일들을, 굳이 신경 쓰고 지나치지 못하는 내가 멍청해 보였다.

힘들어. 아무것도 안 하고 있는데도,

오늘 하루 동안 별로 한 게 없는데도 그냥 힘들었다.

왜 또 그래. 이제는 괜찮아졌잖아, 지혜야.

내가 힘든 건 아무것도 아닌 거 같았다. 나는 힘들면 안 되는 거 같다. 그러다 이런 내가, 이렇게 생각할 수밖에 없는 이 상황이 싫어서. 내일조차 어떻게 살지 그려지지 않아서. 그래서 나는 그냥 난간 위로 올라갔다. 올라가서도 생각했다. 만약 여기서 내가 떨어진다면 지금까지 내가 버틴 게 아무것도 아닌 게 될까 봐 고민하고 또 생각했다.

그럼 나는 앞으로 뭘 어떻게 해야 할까.

그러다 그냥 갑자기 머릿속이 복잡해져서. 그게 귀찮아서, 그 기분이 싫어서.

그래서 그냥 아무도 모르게 죽어버리자고 나랑 약속했다. 그러고는 혼자 조용히 속삭였다.

미친년처럼.

"그래. 죽어줄게. 내가 죽어주면 다 될 거 아니야.
그냥 내가 죽을게. 그럼 다 되잖아, 지윤아."

제2장

꽃이 필
날씨

　옥상 난간에서 보이는 세상은 작고 조용했다. 시끄러운 소리 하나 없이 평화로웠다. 내가 지금까지 가까이서 봐온 세상은 항상 시끄러웠는데. 하지만 멀리서 본 세상은 아름다웠다. 사람들이 내는 빛들은 전부 별처럼 보였다. 우리들은 빛났다. 별들처럼 각자의 위치에서 각자 다른 색들을 내며 빛났다. 단지 그걸 다들 몰랐을 뿐. 근데 이번에도 나만 또 빛나지 못했다.

　나만 또 아무 색깔이 없었다. 나는 이번에도 빛이란 찾아보기 어려운 검은색이었다. 정지윤, 김가연, 이시은에게도 있는 색깔이 나에게는 없었다.

색깔은 행복한 사람들에게만 있는 거니까.

행복하지 못한 백지혜에게는, 색깔이 없다.

내 색깔은 뭐였더라. 무슨 색깔이었는지 자세히는 모르겠지만 내 색깔은 그 누구의 색깔보다도 가장 화려하고 예쁜 색이었다.

누군가 와서 날 좀 말려줬으면 좋겠다고 생각하던 찰나에 요란한 소리와 함께 옥상 문이 열렸다.

철컹-

누군가가 옥상에 올라왔다.

여기 올라올 사람은 아무도 없는데. 누굴까.

누가 나를 방해하려는 걸까.

옥상 문을 열고 들어온 그 애는 곧바로 나에게 다가왔다. 그러고서 내 뒤에 가만히 한참을 서 있었다.

근데 살고 싶다는 생각이 들다가도 다시 내일이 무서워져서. 그래서 그냥 눈을 감고 몸을 세상으로 기울였다.

그래, 지혜야. 누가 나를 좋아하겠어.

누가 나를 도와주겠어.

저번에도 아무도 안 도와줬잖아.

그러니까 이제는 진짜 죽자.

손을 잡았다. 그 누군가가 내 손을 잡았다.

나는 본능적으로 뒤돌았다. 그리고 그 누군가는 내 손을 잡고 나를 보고 있었다.

눈앞이 뿌예서 정확한지는 모르겠지만, 내 또래처럼 보였다. 그리고 무엇보다 간절해 보였다.

"네 잘못 아니야."

오늘 처음 본 애가 한 말인데.

그런데 어째서 왜 나는 눈물이 날까. 그동안 내 탓이 아니라는 말이 듣고 싶었던 걸까. 내 잘못이 아니라는 걸 인정받고 싶었던 걸까. 그 내 잘못이 아니라는 그 애의 한마디에 나는 무너져 버렸다. 그 애의 같잖은 위로 한마디에 무너져 버렸다. 책에서, 인터넷에서 수없이 많이 보고 들었던 위로였지만 직접 들어보니 말 한마디로 사람을 살릴 수 있다는 말이 괜히 있는 게 아니었다.

나는 거기서 펑펑 울었다.

거의 온 세상이 무너진 듯이 울었다.

정말 오랜만이었다. 그렇게 오랫동안 펑펑 운 적은.

위태롭게 난간 위에 서서 혼자 울고 있는 나에게 그 애는 다시 한번 손을 내밀었다.

아, 안 되는데. 나 죽어야 하는데. 죽고 싶었는데.

그런데 나는 어쩌면 조금은 살고 싶었나 보다.

나는 결국 그 애의 손을 잡고 난간 위에서 내려왔다. 나는 오늘도 살게 되었다.

그 애 때문에. 고작 '그 애' 하나 때문에.

내가 완전히 난간 위에서 내려오자 그 애는 내게 잘했다는 듯이 웃어주었다.

웃지 마. 나를 보면서 그렇게 웃지 말라고.

네가 그렇게 날 보며 웃으면,

그러면 이런 내가 너무 초라해지잖아.

나는 이 애가 싫다.

내 죽음을 방해한 누구인지도 모를 이 아이가.

"다녀왔습니다."

"어~ 지혜야, 왔어? 오늘은 조금 늦었네. 밥 먹을래?"

"아니. 나 친구랑 편의점에서 뭐 좀 먹고 왔어."

거짓말인데. 사실은 아무것도 먹지 않았다. 배가 너무 고팠지만 아무것도 먹지 않았다. 혹시 그랬다가 다시 또 살고 싶어질까 봐. 그럼 안 되는 거잖아. 나는 죽어야 되는데.

원래 나는 오늘 죽었어야 하는 건데.

"그래? 학교에서 무슨 일은 없었지? 우리 딸~ 오늘따라 표정이 조금 어둡네… 어디 아픈 거 아니야?"

엄마는 이런 날이면 귀신처럼 알아챈다. 무슨 일이 있었던 걸.

"아니야. 안 아프고 아무 일도 없었어. 나 괜찮아요. 그냥 조금 피곤해서 그래."

이것도 거짓말인데.

나 안 괜찮아, 엄마. 나 오늘 엄청 힘들었어.

엄마한테는 들키기 싫었다.

그냥 엄마가 아는 게 싫다. 그냥.

"그럼 얼른 씻고 공부해. 지혜야, 네가 엄마의 꿈이고 희망이야. 전부고. 알지?"

"응응."

"우리 딸 사랑해~~"

"나도."

저 말들은 힘들다. 내가 꿈이라는 말, 희망이라는 말, 전부라는 말. 나는 왜 엄마의 희망이, 꿈이 되어주어야 할까. 엄마도 내 꿈이나 희망이 되어주지는 않으면서. 그 어려운 걸 왜 자꾸 나에게 부탁할까. 그 말들이 얼마나 무거운지 정작 자기도 모르면서.

나에게는 아직 저 말들이 너무 무겁다. 내가 받아들이기엔.

나의 예쁘고 찬란했던 미래는 사라졌다. 없어졌다.

옛날에는 보이던 내 모습들이 이제는 보이지가 않았다. 그려지지가 않았다. 진짜로 내 미래는 이제 어디에도 없는 건가. 어제까지는 희미하게라도 보였던 내 미래가 사라졌다. 막상 내일조차 그려지지 않는다. 내일은 또 어떻게 살아야 하지. 아니, 살아도 되는 건가. 내일 당장 죽어야 하는 건가.

모르겠다.

그래도 하나 확실한 건 내 미래는 아마 앞으로도 없을

거고, 없다. 그러니까 나는 엄마의 희망이나 꿈이 될 수 없다. 그래서는 더더욱 안 된다.

결국 엄마의 저 말들은 오늘도 나에겐 닿지 못했다. 엄마의 바람은 아마 이루어지지 못할 거 같다.

지금도, 앞으로도. 계속.

###

눈물이 났다. 왜일까. 너무 열심히 뛰어서 숨이 찼던 걸까. 아직 바람이 너무 쌀쌀해서일까. 왜인지도 모를 눈물이 자꾸만 흘렀다. 마음이 아팠다. 마음속 깊은 어딘가가 아려왔다. 마음 한 면이 쌀쌀했다. 아직은 봄이 아닌가 보다.

오늘은 학교에 살짝 늦게 왔다. 집에서 조금 늦게 나온 탓에 뛰어왔지만 다행히도 지각은 면했다. 숨을 헐떡이며 들어온 나를 보며 하진이가 웃었다. 내 눈을 마주치며 웃었다. 그냥 좋아서 웃는 거라고 생각했다. 그러기를 바랐다. 그런데 왜 나는 저 웃음이 자꾸 비웃음으로 느껴질까. 나는 적어도 저 웃음이 비웃음만은 아니기를 바랐다. 동시에 하진이의 웃음을 비웃음이라 생각하는 나를 비난했다.

나는 애써 저 웃음을 무시하며 자리로 향했다.

"지혜야… 나 너무 힘들어."

앞자리인 지아다. 오늘도 힘없는 목소리로 똑같이 말했다. 어제 나에게 말한 것과, 그저께 말한 것과 똑같은 내용일 것이다. 아마도.

"무슨 일 있어?"

"아니… 그게 아니라… 자꾸 김수민이…."

오늘도 똑같다.

얘는 나에게 어제 무슨 일이 있었는지 평생 모르겠지. 아무도 모를 것이다. 작년에 나한테 무슨 일이 있었는지도 모르겠지. 아무도, 평생. 그 누구도.

오늘도 나는 원치 않아도 뒷담에 동조하며 같이 까주어야 했고, 기분 나쁜 일이 있었다면 공감해 주어야 했다. 무리에서의 내 역할은 그런 애였다. 모든 애들에게 다 맞추어 주는 애. 무리에서 아무렇게나 대해도 되는 만만한 그런 애. 친구들 사이에서 내 기분과 감정은 중요하지 않았다. 내 생각이나 의견조차 필요하지 않았다. 그런 것보다 다른 애들의 기분과 감정이 더 중요했다. 다른 애들의 생각이나 의견이 더 중요했다. 그래서 애들은 내가 무엇을 싫어하고 무슨 일이 있는지 잘 알지 못했다. 애초에 내게 관심이 있지 않았다. 내 얘기는 아무도 궁금해하지 않았다. 항상 자기들 일이 더 중요하고 급했다. 나는 안중에도 없었다. 다 내가 모르는 이야기들뿐이었다. 이해가 가지 않고 웃기지 않아도, 그냥 웃고 다 이해한 척해야 했다. 그게 내 역할이니까. 기분이 나빠도 숨겨야 했고, 힘들어도 표현할 수가 없었다. 그런 걸 하는 자리가 내 자리였고, 내 위치가 그 정도였다.

그런 친구들은 어느 날은 너무 좋다가도 어느 날은 좋아했던 만큼 많이 미웠다. 그럴 때마다, 내가 친구들을 미워할 때마다 죄를 지은 것만 같은 기분이 들었다.

매일이 불안했다. 같이 다니던 애들이 갑자기 나랑 더 이상 안 다니지는 않을지. 애들이 나를 미워할까 봐 불안했다. 혹시나 애들이 나를 싫어할까 봐. 그래서 나는 미안하다는 말을 입에 달고 살았다. 내가 잘못한 게 아니어도 나는 미안하다고 말했다. 그게 편했다. 나에게도 다른 애들에게도. 그게 모두에게 편한 일이었다.

나는 늘 나보다도 남을 더 챙겼다.

늘 남이 먼저였다.

애들이 모두 다 갈 때까지 기다렸다가 다시 또 나는 옥상으로 향했다. 옥상 문을 열자 싸늘한 공기만이 나를 맞이했다. 내심 그 애가 있기를 기대했지만 막상 없으니 조금은 서운했다.

이럴 줄 알았으면 기대하지 말걸.

그냥 집에 가버릴걸.

햇빛이 나를 비춰주었다.

나는 햇빛에 비쳐서 잠시나마 빛났고, 예뻤다.

오늘은 혼자다. 오늘만은 혼자가 아니었으면 좋겠다고 생각했기에 더 외롭고 아쉬웠다. 바람이 나에게 불어왔다. 바람은 포근하면서도 매서웠다. 차가우면서도 따뜻했다. 어쩌면 바람은 이미 내 마음을 알고 있을지도.

고마워. 바람아. 너라도 내 마음을 알아줘서.

바람에게 고맙다고 중얼거리는 내가 멍청해 보이면서도 좋은 오늘이다. 노을은 오늘도 예뻤다. 오늘도 살아야겠다. 노을이 예쁘니까. 노을이 예뻐서 오늘도 살아야 된다.

그러다 문득 내가 궁금해졌다.

지혜야, 나는 누구야? 나는 어떤 사람이야?

나는 이 간단한 질문에도 답하지 못했다.

나도 몰랐다. 그리고 지금도 모르겠다.

내가 어떤 사람이고 뭘 좋아하는지도.

미안해, 지혜야.

내가 너에 대해 아무것도 몰라줘서.

근데 나는 너에 대해 모르는 게 좋을 거 같아.

나는 앞으로도 나를 모를 거야.

알아도 그냥 모른척할 거야.

그게 나를, 너를 위한 가장 좋은 방법이니까.

다음 날, 나는 다시 또 옥상에 올라왔다. 이제는 거의 뭐 옥상에 가는 게 일상이 되어버렸다. 그 애는 그날 이후로 한 번도 오지 않았다.

궁금해졌다.

나를 왜 살려줬는지.

그리고 그 아이가.

제발 오늘은 왔으면 하는 바람으로 옥상 문을 열었다.

있다.

"안녕?"

아무렇지도 않게 어제 본 사람처럼 인사하는 그 애를 보자 괜히 심술이 났다.

"……"

"오늘은 옥상에는 왜 왔어?"

"그냥."

"어제는 안 왔으면서 오늘은 왜 왔대."

"아, 어제는 바빠서 올 시간이 없었어. 나 기다렸어?"

"아니거든."

나는 옥상 한가운데에 가서 앉아 가만히 하늘을 바라보았다. 하늘은 한없이 투명하고 높았다. 눈물이 날 정도로 하늘은 깨끗하고 환했다.

-철컹-

옥상 문이 닫히는 소리가 나면서 그 애가 내 옆으로 와서 앉았다.

"이름이 뭐야? 나는 차 율."

"백지혜."

"백지혜… 이름 예쁘다. 몇 살이야?"

"15살."

"나돈데. 동갑이네, 우리."

차율이라는 그 아이는 아무 말 없이 내 옆에 앉고는 물었다.

"너는 무슨 색깔 좋아해?"

"갑자기?"

"그냥. 궁금해서."

초면에 좋아하는 색깔을 물어본 사람은 얘가 처음인데. 독특하다. 그게 도대체 왜 궁금한 건지⋯ 이해는 가지 않았지만 그래도 대답은 해주었다.

나도 이 아이에게 조금의 호감은 있었기에.

호감 비슷한 궁금증이 있으니까.

"하늘색."

"왜?"

"불쌍해서."

"그게 뭔 소리야?"

"하늘색은 하늘과 색깔이 비슷하다는 이유만으로 이름이 정해졌잖아. 그래서 불쌍하다고. 하늘이 색을 바꿔버리면, 하늘색은 색을 잃는 거잖아."

내가 아는 하늘색은 불쌍하다. 그래서 좋아했다. 불쌍

한 하늘색을, 변덕거려도 푸르고 높아서 늘 존경받는 하늘을.

"너 손목에 그거 뭐야?"

처음이다. 내 손목에 대해 아무렇지도 않게 물어본 게. 다들 물어보지도 않던데. 그냥 다 나한테 관심이 없던 거였나. 어쩌면 그랬을 수도.

얘는 왜 이렇게 질문이 많을까. 나에 대해서.

내가 그렇게 궁금한가.

"아 이거. 옛날에…"

"ㄱ거 하면 안 이파?"

"아프지. 안 아플 리가."

"근데 왜 해? 아픈데."

"흉터 남으니까."

"흉터 남으면 안 좋은 거 아니야?"

"적어도 그 흉터는 영원하니까."

"그게 뭔 소리야?"

"영원히 잊어버리기 싫어서. 내가 가장 힘들었던 때를 영원히 잊어버리고 싶지 않으니까. 내가 가장 힘들었던 때를 나마저 잊어버리면, 너무 속상하잖아. 너무 외롭잖

아. 그때의 내가."

나조차도 내가 힘들었던 걸 몰라주기는 싫어서. 내가 나한테 그러면 너무 비겁하잖아. 내가 나한테. 그건 너무 하잖아. 그러면 안 되는 거잖아. 나라도 내가 힘든 건, 알아줘야지.

나는 나한테 못되게 굴면서도, 가끔은 잘해줬다.

"다른 사람들은 살고 싶어서 한다던데."

"나는 계속 기억하고 싶어서. 추억으로 남았으면, 해서."

다른 사람들은 가장 힘들었던 그 시기를 잊으려고 애쓰지만, 나는 반대로 영원히 추억하려고 애썼다.

옛날의 힘들었던 나를 위로해 주고 싶어서. 그게 유일하게 위로해 줄 수 있는 방법인 거 같아서.

"너는 꿈이 뭐야?"

"안 아프게 죽는 거. 너는?"

"너 살리는 거."

내가 뭐라고 이렇게까지 노력하는 걸까. 얘는.

그래도 차마 포기하라고는 말하지 못했다. 차 율이 너무 간절해 보여서. 고작 나 하나의 죽음이 뭐라고.

"우리 내일도 볼래?"

"여기서?"

"굳이 여기서 보자는 거는 아니고 그냥 내일 만나자고."

"그래."

우리의 이상한 대화는 내일 보자는 약속으로 끝이 났다. 오늘도 살아야겠다. 나에게는 할 일이 생겼으니까. 내일까지 살아남아서 내일 그 애를 또 봐야 한다.

그리고, 아직 봄이니까. 가장 예쁜 계절인 봄이니까 살아야 된다. 지금 죽기에는 너무 예쁘잖아. 저 예쁜 걸 놔두고 가기에는 너무 아까우니까.

우리의 내일 보자는 약속이 지켜질지는 모르는 거였지만 그래도 좋았다. 너무나도 추웠던 겨울은 가고 따뜻한 햇살이 우리를 비춰주고 있었다.

봄이다.

제3장

너랑 나

나는 나를 사랑하지 않았다. 그러지 못했다. 나마저 내가 너무 못난 거 같아서. 특별한 거 하나 없고, 예쁘지도 공부를 잘하지도 않아서. 나는 너무 평범해서. 그게 나는 싫었다. 평범이 싫었다. 그래서 평범한 나를 싫어했다.

나를 싫어하는 나는, 엄마의 사랑이 아무리 많아도 너무 많아서 넘쳐흘러도 나에게는 닿지 않았다. 내가 먼저 나를 사랑해 주지 않아서, 내가 나를 싫어해서 다른 사람들의 사랑도 늘 닿지 않았다. 그래서 나는 사랑이 늘 부족했다. 다른 사람들이 주는 사랑이 아닌 내 사랑이 부족했다. 아무도 나에게 알려주지 않았다. 나를 사랑해 줄 방법을. 그냥 나에게 사랑만 주었다. 어른들은 그냥 무작정 나에게 사랑만 퍼부어 주었다.

사랑이 늘 부족했던 나는 애들에게 쓰이기 좋은 존재였다. 재밌게 갖고 놀고 버리기에 딱 좋은 장난감이었다.

나도 나에게 잘해주지 않는데.

남이라고 뭘 못 할까.

정지윤은 내가 중학교에 와서 제일 처음 사귄 친구였다. 우리는 서로가 처음이었다. 중학교에서 처음 만났고 처음으로 친해졌다. 그만큼 가장 친했고, 소중했다. 그만큼 서로에 대해 잘 알았디. 그렇다고 생각했다. 그러다 2학기가 시작될 때쯤 나는 우연히 정지윤과 같은 수학 학원에 다니게 되었다. 그때 나는 좋았다. 가장 친한 친구랑 학원마저 같이 다니게 된 게 너무 좋았다. 그런데 그때 지윤이의 표정은 복잡했다. 여러 가지 기분과 생각이 담긴 표정이었다.

근데 하나는 확실했다. 그 표정은 내가 와서 좋다는 표정은 아니었다. 나는 오묘한 표정의 지윤이를 보며 늘 공부를 잘해왔던 지윤이었기에 내가 와서 부담이 되어서 그런 거라고 생각했다. 그런 게 아니면 내가 온 걸 싫어할 이유가 없다고, 없을 거라고 생각했다. 그렇게 믿었다. 그리고 얼마 안 가서 내 믿음은 헛되었던 걸 금방 쉽게 알 수 있었다.

우리의 우정이 얼마나 가볍고 쓸모없었는지 그때의 나는 몰랐다. 불쌍하고 또 가엾게도.

작년 나는 수학 학원에서 본 첫 시험에서 1등을 했다. 1등을 했다는 말을 전해 들었을 때, 나는 뿌듯함보다는 불안함을 더 먼저 느꼈다. 처음 간 학원에서 1등을 해서 기쁘다는 것보다는 지윤이가 나를 미워할까 봐 걱정되었다. 그러다 그냥 지윤이를 위로해 줘야지, 그렇게만 단순하게 생각했었다. 그러려고 노력했다. 그 이상은 생각해 보기 싫었다.

고작 시험 때문에 지윤이가 나를 버릴 거라고, 괴롭힐 거라고 믿고 싶지 않았다. 지윤이는 절대 그런 아이가 아닐 거라고 믿었다. 그런데, 나의 그런 믿음은 지윤이에겐 너무 하찮게 보였나 보다.

"지윤아, 우리 학원 같이 가자."
시작은 여기였다.

"시은아, 오늘은 나랑 같이 가자. 우리 어제 하던 얘기 마저 해야지~"

지윤이는 내 말을 무시하고 나를 지나쳐 갔다. 이때는 그냥 단순히 별일이 아닐 거라고 생각했다. 그렇게 여겼다.

그런데 내가 믿었던 지윤이는 그런 아이였다. 지윤이는 오자마자 1등을 해버린 내가 못마땅했던 건지 아니면 부모님 때문에 스트레스를 받아 그걸 풀 상대가 필요했던 건지 나를 괴롭혔다. 아주 악랄하고 비겁하게.

그날은 이상했다. 학원에서 계속 내가 말을 걸어도 지윤이는 무시했고, 답을 하지 않았다.

처음은 무시였다. 나를 무시하는 거는 괜찮았다. 나도 똑같이 무시하면 그만이었으니까. 그런데 그다음은 괜찮지 못했다.

"지혜야, 그거 진짜야?"

"뭐가?"

"아니 너, 수학 학원 시험에서 컨닝해서 1등 했다며."

이 말을 내게 처음 전한 사람은 이시은이었다. 아마 정지윤이 말한 게 아닐까, 하고 생각했다. 그러고는 진짜 내가 그런 게 아니니까 아니라고만 답한 뒤, 그냥 내버려두었다. 들려오는 소문을 애써 무시하고 괜찮은 척했다.

소문은 내 예상과 달리 그냥 둘수록 점점 더 커져갔다. 나와 친했던 친구들도 그 소문을 믿고 퍼뜨리는 것에 동조했다. 배신감이 들었다. 나만 너무 걔들을 믿었던 걸까. 내가 1등을 한 게 후회가 될 정도로 괴롭혔다. 그래도 내가 아무 타격이 없어 보이자, 내가 컨닝을 해서 1등을 할 수 있었다며 몰아갔다.

그 말도 안 되는 걸 믿는 애들이 점점 더 많아지자 선생님까지 그걸 믿었다. 선생님마저 나를 믿어주지 않았다. 아무도 내 말을 들어주지도 믿어주지도 않았다. 선생님도 애들도 다 나를 싫어했다. 그냥 더 세 보이는 쪽에 붙어서 더 약했던 나를 괴롭힐 뿐이었다. 마치 그게 당연한 거처럼.

"지혜야, 이제는 솔직하게 말해봐. 진짜로 컨닝했니? 네가 똑바로 대답하지 않으면 나도 어머님께 말씀드릴 수밖에 없어."

"아니, 안 했다고요. 저 진짜 안 했다고요!"

"…그래 지혜야. 어머니랑 통화해 볼게."

그리고 그걸 다 알게 된 엄마는 나보고는 그냥 참으라고만 했다. 참지 않으면 내가 지는 거라고. 그러니까 그냥 아무 일 없는 거처럼 참으라고. 가장 믿을 수 있었던 어른인 엄마마저 나에게 참으라는 말밖에 하지 않았다.

그래서 나는 그냥 참았다. 이렇게 참다 보면 언젠가는 그만 괴롭히겠지, 다시 괜찮아질 수 있을 거라고 생각했다. 그러리라 믿었다.

"지혜야, 너 왜 살아? 너를 좋아해 주는 사람은 아무도 없어, 거짓말쟁이를 누가 좋아해. 안 그래 얘들아?"
"야, 너는 저기로 가서 해. 더러워."

이런 말들을 들으면 내 마음은, 속은 엄청 따갑고 쓰라렸다. 그래도 겉으로는 아무렇지도 않은 척했다. 그게 이기는 거라고 생각해서. 남들 앞에서 울고 안 괜찮은 척한다는 건, 내가 지는 거라고 생각했다. 그랬기에 더 숨기고 참았다.

그런데 아무리 참고 숨겨도, 상황은 나아지지 않았다. 오히려 악화되었다. 그냥 매일매일이 싫었다. 살아 있는 게 벅찼다.

 버티다 못해 나는 도망치듯 학원을 나왔다. 나오면서까지도 빈정거림과 조롱을 받아내야 했다. 학원을 나오면, 다 괜찮아질 것만 같았다. 그런데 그건 아니었나 보다.

 "지혜야, 학원 끊으면 우리가 안 괴롭힐 거라고 생각했어? 그러니까… 누가 학원 끊으래?"
 "야, 섭섭하게 끊으면 어떡해, 이제 심심해졌잖아. 한동안 지혜랑 노는 재미로 학원 다녔는데… 아쉽다. 괜찮아, 이제는 학교에서 더 많이 보면 되지. 그치, 지혜야?"

 학원을 나오고 나서도 계속되었다. 정지윤은 학원에서 나를 괴롭히지 못하게 되자 학교에서 나를 괴롭혔다. 똑같이 애들을 모아서 다 같이 내 욕을 하고 내가 있어도 없는 척 빈정거리며 조롱했다.
 정지윤네 무리가 나를 괴롭히자, 애들은 다 나를 피했다. 아무도 나를 도와주지도 내 말을 들어주지도 않았다. 학교도 똑같았다. 다 더 센 애의 말만 들었다. 그러자 점점 나에게 학교가 무서워졌다.

정지윤은 치밀했다. 선생님이 계실 때면 나에게 잘 대해주었고, 그건 다른 애들도 마찬가지였다. 그러다 선생님만 사라지면 아무도 나를 상대해 주지 않았다. 모두가 나를 무시할 뿐이었다.

선생님들은 알아주지 못했다. 그래서 힘들어하는 나를 기다려 주지 않았다. 내가 다시 시작할 기회도, 시간도. 그때의 내가 믿을 수 있는 어른은 없었다. 그랬기에 나는 할 수 있는 게 버티는 것밖에 없었다. 그게 그때의 나에게 주어진 유일한 선택지였다. 나는 그런 일들을 다 당하기에는 너무너무 어렸던 것 같다.

그러다 어떤 말을 들어도 나에게 타격이 없어졌을 때쯤, 정지윤네 무리는 위기감을 느꼈는지 나를 한 번, 두 번 건드리기 시작했다. 처음에는 어깨였고, 다음은 정강이. 그다음은 배, 마지막은 얼굴이었다.

처음에는 정지윤만이었고, 그다음은 걔네 무리였다. 거기서 멈춘 것이 다행이었다. 정지윤도 처음에 자기가 나를 친 사실에 자기도 놀랐는지 한동안 나를 건드리지 않았다. 그러다 내가 아무 반응을 보이지 않자 다시 나를 건드려 댔다.

매일 의문이 들었다. 이렇게 참기만 하는 게 맞는 건지. 이제라도 어른들께 알리는 게 맞을지. 그때의 나는 이게 정말 폭력인지 아닌지도 잘 알지 못했다. 구분되지 않았다.

그래서 매일 나에게 말했다. 그냥 참자. 언젠가는 그만하겠지. 그래도 내 잘못이 있으니까 그러는 거겠지. 아무 이유가 없지는 않겠지. 그렇게 믿으면서, 생각하려고 노력하면서 버텨왔다.

만약 그때로 갈 수만 있다면 말해주고 싶다. 잘 버텼다고. 많이 힘들었을 텐데 잘 버텼다고. 그게 그때의 내가 할 수 있던 최선이었다고. 아주 잘했다고. 고생했다고. 그리고 사랑한다고.

1학년이 끝나고 나서야, 정지윤과 반이 멀리 떨어지고 나서야 나는 벗어날 수 있었다. 그 애에게서 벗어나고 나서 내가 느낀 건, 드디어 벗어났다는 해방감이 아니라, 무력감이었다.

지옥이 끝나자 다시 또 다른 지옥이 시작되었다. 그때는 그냥 듣고 넘겼던 말들이 내 머리에서 다시 일어나 내게 속삭였다. 그건 직접 듣는 것보다 몇 배는 더 고통스러웠다.

매일이 무기력했다. 하루를 침대에서만 보냈다. 아무것도 하고 싶지도 하려고 하지도 않았다. 생각조차 하기도 싫었다. 아침에 일어나고 싶지도 않았고 밥을 정해진 시간에 먹지도 않았다.

나는 그냥 가만히 있고 싶었다.

나는 나날이 더 피폐해져만 갔다.

엄마는 이런 나의 모습을 알지 못했다.

알지 않았다.

매일 더는 살고 싶지 않다는 생각을 했다.

그럴 때마다 손목을 그었다. 피가 나고 흉터가 남았다. 시간이 지날수록 내 왼쪽 손목은 흉터가 늘었다. 나에게 그런 건 상관없었다.

나한테는 그런 건 중요하지 않았다.

중요한 건 그걸 할 때마다 숨통이 조금씩 트였다. 그래야지 살 수 있을 것만 같았다.

이렇게 해서라도 살라는 건가.

아니면, 그럴 수밖에 없는 운명인 건가.

잠시나마 죽음과 가까워졌던 날에도 그었다. 피가 올

라왔다. 같은 자리에 상처가 또다시 생겼다. 따가웠다. 그 따가움은 나를 또 살 수 있게 만들었다. 죽음을 너무 쉽게 포기해 버린 내가 싫었기에. 사는 것보다 죽는 걸 더 무서워한 나에게 조금의 벌을 주었다. 이 정도는 해도 된다. 나에게 내가 이 정도는 해도 되는 거다.

나니까.

###

오늘따라 구름이 많이 껴 있었다. 해가 가려져서 희미한 햇빛밖에 비치지 않아서 조금은 아쉬웠다. 조건 없이 나를 따스하게 비춰주는 햇살들을 사랑했던 나였으니까. 죽음을 잠시나마 느꼈던 어제가 있어서 오늘은 세상이 조금 달라 보였다. 길거리에 피어 있는 꽃들이 유난히 더 화사해 보였고, 나를 반겨주는 친구들이 오늘따라 더 고마웠다. 나는 살아야 되는 건가. 나, 죽어서는 안 되는 건가.

이제는 숨을 들이쉬었다가 내뱉는 거조차도 귀찮아졌다. 버거워졌다.

"지혜, 안녕~"

하진이네.

"응응, 안녕~"

"지혜야, 어제 무슨 일 있었어? 눈 조금 부은 거 같은데…."

그렇게 많이 티가 나나.

"아, 어제 조금 늦게 자서…."

"다행이다. 나는 또 울어서 그런 건 줄 알고."

"아… 응. 나 안 울었어. 괜찮아."

"알았어~"

사실은 울었다. 어젯밤에 자려고 누웠는데 그냥 갑자기 눈물이 났다. 그래서 그냥 한참을 울고 잤다.

"지혜야, 괜찮아?"

"어 수정이네. 나? 나… 뭐가?"

"아니, 눈. 너 눈 부었다고."

근데 저게 원래 걱정하는 말투였나.

"아, 그 어제 조금 늦게 자서 그래. 내가 원래 좀 잘 부어."

"그럼 다행이고. 수업 시작하겠다."

"아, 응응. 쉬는 시간에 보자."

왜 나는 나에게 눈이 부었다고 하는 저 말들이 걱정해 주는 게 아니라, 비꼬는 거처럼 들리는 거지. 수정이가, 하진이가 오늘 나에게 해준 말들은 뭐였을까. 걱정? 위로? 아니면 나를 비꼬는 거였을까. 그것들 사이 어딘가일지도.

나는 저 말들이 적어도 진심만은 아니길 바랐다. 말이 안 되니까. 그 착한 애들이 나에게 비꼬는 의도로 그렇게 말할 리는 절대 없다고 믿었다. 적어도 그러기를 바랐다.

동시에 그 착한 애들을 의심하는 나쁜 나를 비난했다. 오늘도 나는 나를 싫어해 버렸다.

오늘은 바로 집으로 가지 않고 공원으로 향했다. 학교에서 너무 많은 생각을 해버려서 머리를 잠시 비우고 싶었다. 적어도 오늘만큼은 한적하고 조용한 곳에서 혼자 있고 싶었다. 이 공원은 워낙 구석진 곳에 있어서 원래는 사람이 잘 없었다. 그런데 오늘은 딱 한 명이 있었다. 차 율.

우리는 우연이었던 걸까, 아니면 얘가 날 따라온 거였던 걸까. 차 율이 여기를 올 줄은, 알고 있을 줄은 몰랐다. 나름 비밀장소라고 생각해 온 곳인데. 내 비밀장소를 아는 사람이 하나 더 늘었다.

"오늘은 여기서 보네."

애랑 친해지고 싶었던 건 아니었는데. 근데 자꾸 차 율이 묘하게 끌렸다. 유일하게 나를 진심으로 대해주어서 그런 건가. 아니면 나 지금 외로운 건가.

차 율은 나에게 말을 걸으며 웃어주었다. 어제처럼 예쁘고, 환하게.

"그러네."

"학교 끝나고 바로 온 거야?"

"응. 너는 학교 안 갔어?"

"나 학교 안 다녀."

또 웃었다. 애는 웃는 게 버릇인가.

"아… 응."

"나 여기 학교 다녔었는데."

"어? 근데 나는 너 저번에 처음 봤는데."

"나 학교 잘 안 갔어.

아마 안 간 날이 간 날보다 더 많을걸?"

"학교는 왜 안 다녀?"

"음… 그냥. 조금 힘들어서?"

진짜 그 소문이 맞으려나.

"괜찮아?"

몇 번 봐서 조금은 친해졌다고 생각한 걸까.

벌써부터 애 걱정을 해버렸다.

"당연히 괜찮지. 안 괜찮을 이유가 없잖아."

"안 괜찮은 데에 이유가 필요해? 안 괜찮을 수도 있지."

"나 진짜 괜찮아. 아무 일도 없어."

차 율은 내게 말하며 다시 또 웃어 보였다. 이 정도면 웃는 게 강박 아닌가. 안 웃어도 되는데. 그래도 조금은 부러웠다. 웃을 수 있는 게 부러웠다.

"잘 웃네. 너는."

"너도 잘 웃잖아."

"아닌데."

"잘 웃을 거잖아."

"그러겠지. 아마도. 나중에는."

잘 웃는 차 율과는 달리 나는 잘 웃지 않았다. 잘 울지도 않았다. 울면 지는 거라고 생각했다. 잘 웃으면 쉬워 보일 거 같았다. 그러한 이유들로 내가 정지윤한테 그런 일들을 당한 거라고 생각했다.

두 번 다시 그런 일을 또 당하고 싶지 않았다. 그래서 다른 사람들 앞에서는 웃지 않았다. 울지도 않았다. 그러다 참고, 참다가 마음이 찢어질 거 같을 때. 그때 한 번 울음을 쏟아냈다.

그런데 내가 그런 일들을 당한 이유는 없었다.

적어도 내 탓은 없었다. 나 때문은 아니었다.

그 후로, 나는 애들과 눈을 잘 마주치지 못했다. 눈만 마주쳐도 나한테 뭐라 할 것만 같아서 무서웠다. 눈을 마주치면 내 생각이 읽힐까 봐 불안했다.

하지만 차 율은 달랐다. 나와 눈이 마주치면 아무런 조건 없이 웃어주었다. 흰하게. 그 눈빛은 전혀 무섭지 않았다. 불안하지 않았다. 포근했다. 따뜻했다. 나의 시선이 닿는 유일한 사람은 차 율뿐이다.

아직은 완전하게 차 율을 믿을 수 있는 건 아니지만, 그래도 가장 편한 사람이다. 나에게 가장 잘 대해주고, 내 마음을 가장 잘 알아주는 사람이다, 지금은. 나중에는 어떻게 될지는 아직 모르겠지만. 아마 지금이랑 비슷하지 않을까. 아니면 정반대일 수도.

어쩌면 우리는 운명이었던 게 아닐까. 네가 나를 살려

줄 운명. 우리가 만날 운명. 어떻게 해서든지 차 율과 나는 만나야만 했던 인연이 아닐까. 아니면 이렇게 다르고 만날 일도 없는 우리가 이런 식으로 마주치는 게 이상한 거 아닌가. 이렇게 생각하기에는 아직 이른 걸까. 차 율과 내가 필연이라고, 인연이라고 생각하기에는 너무 이른가. 하지만 나는 그렇게 생각하고 싶었다. 우리는 인연이라고. 그러니까 나는 살아야 된다고. 아직 남은 나의 인연들을 위해서, 차 율을 위해서.

  나는 아직 살아가도 되는 거라고 믿고 싶었다.
  그리고 찾고 싶었다. 내가 살아야 하는 이유를.
  하루는 미치도록 죽고 싶다가도, 또 어떤 날은 사무치게 살고 싶었다. 매일을 난간 위에서 살아가는 거 같이 불안했다. 죽어버릴까 봐. 아무도 모르는 사이에 내가 이 세상에서 없어져 버릴까 봐.
  나도 내가 무서워. 내가 뭘 할지 나도 모르겠어서.
  지혜야, 나는 네가 하루는 펑펑 울다가도 또 어떤 날에는 활짝 웃을 수 있으면 좋겠어. 엄청 우울하다가도 다시 행복해질 수 있는 그런 단단한 사람이었으면 좋겠어. 가끔은 넘어지더라도 다시 일어날 수 있는 사람이었으면 좋겠어. 나도 내가 행복한, 행복해질 수 있는 그런 사람이면 좋겠어.

우리는 또다시 다음의 만남을 약속하며 헤어졌다.

기분이 정말 많이 이상한 시간이었다.

정지윤이 또다시 나를 찾아왔다.

작년 이후로 우리는 완전히 끝난 게 아니었구나.

우리는 이러한 이유 때문에 계속 이렇게 만나야 하는 사이구나. 오늘은 이상하게도 정지윤이 무섭지가 않았다. 내 편이 생겼다는 믿음 때문인가.

"지혜야, 너 아직도 그 친구랑은 잘 지내더라. 내가 말했지 않나… 정리하라고."

"내가 왜 네 말을 들어야 하는데."

"우리 지혜, 많이 컸다?"

"할 말 끝났으면 가."

"아이고, 우리 지혜 무서워서 가야겠네. 아, 그리고 너 그 박수정? 걔 너무 믿지 마. 이건 거짓말 아니고, 그냥 알려주는 거.”

"갑자기 그건 또 뭔 소리야.”

"그때 그날, 박수정이 가면서 너 어디 있는지 알려주고 간 거야. 눈치 못 챘어?”

"그니까 뭔 소리냐고.”

"너 진짜 몰랐어? 박수정이 그때 너 어디 있는지 나한테 와서 알려준 거라고.”

"뭐?”

"이건 진심인데. 믿고 안 믿고는 네 선택이고.”

정지윤은 다시 나에게 이상한 말들을 하고는 갔다.

믿기가 어려웠다. 믿고 싶지도 않았다.

아니, 솔직히는 믿어도 되는 건지도 모르겠다.

"지혜야, 여기서 뭐 하고 있었어?”

박수정이다.

"우리 이제 밥 먹으러 가자!”

"아… 응. 그래.”

"뭐야… 지혜 어디 아파? 목소리가 안 좋네….”

"아니 그냥… 컨디션이 조금 안 좋아서."

"보건실 갈래? 같이 가줄까?"

"아니야, 괜찮아. 우리 급식 먹으러 가자."

"그래!"

그렇게 그때 나에게 정지윤이 한 진짜인지 아닌지 모를 말은 거짓말일 거라는 나의 강한 믿음과 함께 없던 일처럼 묻혔다.

그건 절대 사실이 아닐 거라고 바라면서.

정지윤이 그런 진실을 나에게 알려줄 애가 아니니까.

분명 얼마 전까지만 해도, 나를 그렇게 힘들게 하던 애니까. 그러니까, 절대로 수정이가 그런 말을 했을 리가 없다고 생각했다. 그런 짓을 할 이유가 없다고 생각했다. 그리고 굳게 믿었다.

그런데 아쉽게도 세상에 '절대'는 없었나 보다.

아이러니하게도 나의 그 굳은 믿음은 그리 오래가지는 못했다.

벚꽃이, 꽃들이 수줍게 피는 계절이었다.

예쁘다.

행복

우리는 매일 학교가 끝나면 만났다. 만나는 장소는 매일 달랐다. 우리에게 장소는 딱히 중요하지 않았다. 어디든지 우리는 함께이기만 하면 그거로 충분했다. 서로가 서로에게 위로가 되어줬으니까.

차율과 함께하는 시간만이 내가 유일하게 솔직해질 수 있는 시간이다. 그 시간 동안만은 나도 조금은 행복해질 수 있었다. 그 시간만큼은 나도 내 편이 있었기에. 힘듦을 공유할 수 있는 사람이 있어서. 그러면서도 한편으로는 또 불안했다. 내가 이렇게 행복해도 되는 건지. 이러다가 다시 불행해질까 봐, 다시는 행복하지 못할까 봐 불안했다. 영원한 행복이란 없다. 행복의 끝엔 반드시 불행이 있었다. 그게 법칙이다. 그게 신이 있다면 이 세상에 만들어 낸 처음이자 마지막인 법칙이다. 모든 사람들이 평등하기 위해서.

그래서 나는 행복을 싫어했다.

행복한 모든 걸 싫어했다.

나에게는 불행이 너무나도 무서운 존재여서.

무서웠던 불행이 행복까지 무서운 존재로 만들어 버렸다. 나에게.

"앞으로는 하지 마."

"아… 봤어?"

더워서 옷을 조금 걷었더니, 그새 그걸 또 차율이 봐버렸다.

앤 정말 뭐지.

"저번에 하지 말라고 했잖아… 상처 생기면 아프잖아."

"알았어, 앞으로는 안 하려고 해볼게."

"진짜다… 이번에는 꼭 지켜."

"알겠어, 안 할게."

하지 않겠다는 내 말에 좋다는 듯이 차 율은 또 웃었다.

내 걱정을 하면서도 오늘따라 차 율이 힘들어 보였다. 안 웃고 싶어 보였다. 그러면서도 꿋꿋이 울음을 억지로 삼키고 웃고 있는 차 율의 모습이 지쳐 보였다. 힘들어 보였다.

나도 너 위로해 주고 싶어.

"너는 안 힘들어?"

"나? 나 뭐가?"

나를 바라보는 차 율의 표정은 아련하면서도 한편에는 말로 표현할 수 없을 정도의 슬픔이 같이 있었다. 그런 차 율의 모습에 나도 마음이 아프다.

"너 힘들잖아. 너도 너대로 힘들잖아."

내 말 한마디에 잘 웃고 내 앞에서는 밝은 모습만 보여줬던 그 애가 눈물을 흘린다. 어쩌면 그 애는 계속해서 나에게 아픈 모습도 보여주고 있었을지도.

미안해. 내가 몰라줘서. 내가 너를 더 아프게 만들었나 봐. 미안해.

차 율이 오늘 이렇게 힘든 게, 내 탓 같았다. 내가 얘를 더 힘들게 만들었나 보다. 내 얘기만 하면서. 얘가 힘든 것도 다 몰라주고.

항상 차 율은 자기 얘기를 해주지 않았다. 내 얘기를 들어주고 나를 도와줄 뿐, 자기 얘기는 하지 않았다. 궁금했지만, 알려주기 싫다면, 나도 강요할 생각은 없다. 딱히 알고 싶지는 않다. 꺼내기 힘든 얘기라면, 차 율이 말하기 싫어한다면, 말하기 어려운 거라면 몰라도 된다.

"뭔 일 있었구나."

"안 물어볼게. 근데 힘들면 얘기해도 돼, 나한테. 다 얘기해도 돼. 나도 들어줄게. 나도 네 얘기 다 들어줄게."

"…고마워. 근데 미안."

"괜찮아. 말 안 해줘도 돼."

차 율은 아무 일도 아니라는 듯이 나를 보며 다시 환하게 웃어주었다. 나는 왜 그 웃음이 아파 보였을까.

"진짜로 나 아무 일 없어. 나 괜찮아."

"알았어."

저 애의 뒤에는 뭐가 있을까.

어떤 아픔이, 상처가 있을까.

말해주고 싶었다.

안 숨겨도 된다고.

억지로 밝은 척, 아무렇지 않은 척 안 해도 된다고. 적어도 내 앞에서는 그렇게 아프게 웃지 않아도 되는 거라고.

마음이 불편했다.

"다녀왔습니다."

"지혜야… 이리로 와봐."

"어? 엄마, 왜 그래…."

"너 성적표 나왔다며."

그렇게 못 본 건 아닌데. 그래도 80점은 다 넘었는데. 엄마의 기대는 너무 높았다. 그걸 내가 다 맞춰주기에는 너무 부담스럽다. 솔직히는 그 기대를 다 맞추기도 싫었다. 공부를 잘하고 싶지도 않은데. 내가 내 점수에 만족한다면, 그럼 그거로 된 거 아닌가.

"아… 그게 시험 날 컨디션이 많이 안 좋았어. 이번에 생각보다 더 어렵게 나오기도 했고…."

"엄마가 너 믿고 그동안 학원 안 보낸 건데… 계속 이러면 엄마도 보내는 수밖에 없어, 지혜야."

"알았어… 열심히 할게."

"열심히 말고 잘해야지. 그리고 너 수행평가 나왔다며. 그거 찍어왔어?"

"아니…"

"엄마가 어제 찍어오라고 했잖아. 너 수행평가 망하려고 그래?"

나는 안 그래도 오늘 힘들었는데.

자꾸 몰아붙이기만 하는 엄마에게 짜증이 났던 걸까. 아니면 그동안 참아왔던 게 한 번에 또다시 터져버린 건가.

"엄마… 엄마는 왜 항상 나한테 뭐라고 하기만 해? 내가 뭐 시험을 엄청 못 본 것도 아닌데 왜 자꾸 못 봤다고 뭐라고 하는데! 수행평가 그거 내일 찍어오면 되는 거지, 뭐 오늘 안 찍어왔다고 다 망해!"

"엄마는 다 너 잘되라고 하는 소리지."

맨날 똑같지. 다 나 잘되라고 하는 소리라고 포장하지.

내가 뭐 때문에 학원을 싫어하고 안 다니고 싶어 하는지 잘 알면서. 그 누구보다 잘 알면서도.

"됐어… 내가 엄마한테 뭘 바라. 나 힘들 때 몰라줬으면서."

"네가 힘든 걸 얘기 안 해주는데 엄마가 어떻게 알아. 그리고 그때 그거 별거 아니었잖아."

"엄마… 그냥 말 안 해도 좀 알아주면 안 돼? 엄마니까 그냥 좀 알아주면 안 되는 거냐고!"

-쾅-

살다 보면 가끔 그런 날이 있다. 기분이 나쁜 게 숨겨지지 않는 날.

사람은 자신의 기분과 감정을 표현하는 게 당연하다. 아니, 애초에 감정을 표현할 줄 아는 게 사람이다. 근데 왜 나는 내가 내 감정을 표현하면 잘못하는 것만 같을까. 자꾸 왜 나에게 화가 난 거를 괜히 사랑하는 사람들에게 짜증 내며 표현할까. 이런 내가 나도 너무 싫다. 내가 너무 못난 거 같다. 이런 나는 너무 못났다.

###

"학교 다녀오겠습니다…"

엄마와 어젯밤 다툰 탓에 어색했다. 그래도 엄마에게 인사는 하고 학교로 갔다. 최대한 아무렇지 않은 척하려고 했는데 티가 났으려나. 아마 엄마는 알지도 모르겠다.

평소처럼 반에 들어갔는데 이상하게도 나를 반겨주는 사람이 한 명도 없었다. 원래라면 같은 무리 애들이 반겨주었을 텐데. 근데 그러지 않는 애들이 좀 의아했다. 내가 너무 눈치가 없었던 걸까.

"안녕~"

어제였다면 하진이나 수정이가 내 인사를 받아줬겠지. 그것도 아니면 지아나 유라가.

하지만 오늘은 그 누구도 내 인사를 받아주지 않았다.

당황스러웠다.

"지아야…"

내 자리로 가며 가장 자리가 가까운 지아에게 물어보려고 했지만, 나를 한번 쳐다보고는 하진이에게 갔다. 하진이는 나를 째려봤다. 무서웠다. 저 눈빛이, 나를 이상하게 보는 다른 아이들의 시선들이. 저 반응이. 지금 하는 저 얘기들이 내 얘기일까 봐. 그리고 친구들에게 버려질까 봐 두려웠다.

1교시가 끝나자마자 나는 애들에게 갔다. 애들은 차가웠다. 마치 나는 원래 친하지 않았던 애라는 듯이 대했다. 내가 말을 걸어도 무시했다. 나는 뭘 잘못했는지도 모른 채로 그 사이에서 투명인간 취급을 받고 있었다. 애초에 내 잘못이 있는지도 말해주지 않고서 내 말을 다 무시했다.

애들은 나에게 어떤 말도 해주지 않았다. 아무도 나에게는 말을 걸지도, 내 말에 답하지도 않았다. 조금은 비참했다. 내가 왜 이런 비참한 기분까지 느껴야 하는지 이해가 가지 않았다. 그렇지만 내가 뭘 잘못해서 저 애들이 저러지 않을까. 적어도 아무 이유도 없지는 않을 거라고 생각했다. 그럴 거라고 믿었다.

나는 아무것도 모른 채로 그냥 계속 애들 사이에 있어야만 했다. 애들은 나에게 어떠한 말도 하지 않았다. 나가라고 하지도 같이 놀자고 하지도 않았다. 그냥 나는 눈치껏 있어야 했다. 적당히 눈치 보면서 비위를 맞추어 주어야 했다. 지금 내 기분도 개같았지만 그냥 그래야 했다. 그러지 않으면 더 상황이 좋지 않을 테니까. 어쩌면 이미 나쁜 걸 수도.

"야, 백지혜. 잠깐 이리 와봐."

박수정이다.

애들은 점심시간이 되어서야 나를 불러냈다. 정확히는, 이하진이 나를 점심시간이 되어서야 불러냈다.

"너도 네가 뭘 잘못했는지는 알지?"

"내가 뭘 잘못했는데?"

"와… 진짜 뻔뻔해. 진짜 모르는 거야, 아님 모르는 척을 하는 거야?"

"진짜 모른다고."

"네가 '내 썸'남힌데 꼬리 쳤삲아."

"내가 언제 그랬는데."

"웃긴다, 너 내가 걔랑 잘되고 있는 거 뻔히 알면서 먼저 가서 말 걸고 번호 물어보고 그랬잖아!"

"나 그런 적 없다고."

"야, 됐어. 가자, 얘들아. 자기 잘못도 인정 안 하는 년이랑은 말 섞기도 싫어."

애들은 차례로 나를 째려보면서 한 번씩 치고 지나갔다. 믿었던 지아도, 수정이도 나를 보며 비웃으며 갔다. 어제까지만 해도 나랑 같이 웃고 떠들던 그 애들이 맞나 의문이 들 정도로 그 표정들은 차가웠다.

　어이가 없었다. 그 애들이 화난 이유는 단순했다. 아니, 어떻게 보면 가장 복잡했다. 애들은 내 말을 들으려고도 하지 않았다. 자기들 뜻대로 해석하기 바빴다.

　걔네들 말만 들어보면 내가 잘못한 게 맞았다. 내가 여우고, 내가 나쁜 년이 맞았다. 걔들의 말이 사실이라면. 근데 그게 다 사실인 건 아니잖아. 너네가 그렇게 멋대로 해석한 거지. 네가 그렇게 받아들인 거잖아.

　그러니까 나는 꼬리를 친 적이 없었다. 아니, 애초에 이하진에게는 썸남이 없었다. 이하진이 말하는 썸남은 그냥 자기가 좋아하는 애일 뿐이지 그 이상도 이하도 아니었다. 그러게 여친이 있는 애를 왜 좋아해.

　그리고 무엇보다 나는 전화번호를 물어본 적도, 먼저 가서 말을 건 적도 없었다. 걔들이 본 건, 먼저 와서 말을 건 걔와 전화번호를 물어보는 걔의 모습이었을 거다. 그것도 수행평가 조별과제 때문에.

　이렇게 보면 내 잘못은 그 어디에도 없었다. 내 잘못은 있는데 없었다.

점심시간이 끝나갈 때쯤 나는 다시 애들을 찾아갔다.

"미안해, 하진아. 나는 수행평가 준비를 열심히 하려던 마음이었는데 내가 실수한 거 같아. 진짜 미안해."

처음에는 들은 척도 안 하다가, 내가 계속 미안하다는 말을 계속해서 반복하자 그제서야 나를 쳐다봤다.

"알았어. 이번 한 번만 봐줄게. 다음부터는 그러지 마."

"고마워, 하진아."

"우리 다시 친하게 지내자."

이하진의 이 한마디를 끝으로 수정이와 지아가 참아왔던 말을 늘 그렇듯 늘어놓기 시작했다.

그 둘의 역할은 그거니까. 그냥 그 둘은 그들의 위치에서 최선으로 할 수 있는 것들을 한 거였다.

솔직히 나는 내가 갑자기 막 미안한 마음이 들어서 사과를 한 게 아니었다. 어쩔 수 없으니까 한 거였다.

학교에서 하진이의 영향력은 컸고 하진이는 아는 사람이 많았다. 그건 우리들의 세계에서는 절대로 건들면 안 된다는 징조였다. 우리 무리에서도 하진이가 중심이었다. 그 누구도 하진이의 심기를 건드려서는 절대 안 되었다. 그건 우리들의 암묵적인 규칙이었다.

무엇보다 하진이가 바라는 건 하나였다. 나랑 더 이상 어울리지 않는 게 아니었다. 미안해. 하진이는 이 한마디를 원하고 있었다. 굽신거리면서 사과하는 내 모습과 그 사과를 받아주는 마음 넓은 자신. 착한 자신은 다른 애들 사이에서 선한 얘기가 오고 가고, 나쁜 년인 나는 다른 애들 사이에서 뒷담을 까이고. 그리고 그런 나의 모습마저 보듬어 주는 자신.

하진이는 그런 그림을 원하고 있었다.

그걸 나는 그 누구보다도 더 잘 알았기에 사과하지 않을 이유가 없었다.

그래서 나는 이번에도 미안하다고 말했다.

내 탓이 아닌데. 내 잘못이 아닌데도.

그게 가장 편한 방법이었다.

학교생활을 위한 가장 편한 방법.

솔직히 나는 맞서 싸우고 싶었다. 학교생활이 불편해진다 하더라도 한 번쯤은 그 애들과 싸워보고 싶었다. 내가 잘못한 건 없다고. 너네가 잘못한 거라고 한 번쯤은 말해보고 싶었다. 부당하게 구는 애들에게 반박도 해보고 싶었다.

근데 항상 엄마가 친구들이랑 싸우지 말고 사이좋게 지내라고 했으니까. 불편한 일은 굳이 만들지 말고 내가 좀 참고 살라고 했으니까. 친구랑 싸울 거 같은 상황이 생기면 내가 먼저 미안하다는 말 한마디 하고 빨리 끝내버리라고 했으니까.

그러니까 이번에는 있는 듯, 없는 듯 선배한테 찍히지 말고 얌전하게 지내라고 한 엄마 탓이다.

엄마 탓으로 돌리고 나니 마음이 더 불편했다. 가장 사랑하는 사람에게 돌렸다는 죄책감 때문일까. 엄마는 나를 왜 이렇게 마음이 여리고 약한 사람으로 낳았는지. 그런 엄마가 원망스러웠다. 나는 종이에 스치기만 해도 베이는 여린 마음을 가진 사람이어서. 그런 엄마를 원망하는 내 모습이, 내가 제일 싫었다.

학교가 끝나고, 나는 바로 학교에서 나왔다. 더 이상은 학교에 있고 싶지 않았다. 오늘 하루 종일 학교에서 너무 갑갑했기에.

오늘은 혼자 있고 싶었다. 연락을 하지 않으면 차 율이 계속 나를 기다릴 거라는 걸 잘 알았지만 오늘은 그냥 모든 것으로부터 차단되어 있고 싶었다. 그냥 혼자이고 싶었다. 나를 더 외롭게 만들어 버리고 싶었다.

공원으로 갔다. 혼자 있고 싶었는데 딱 좋게도 사람이 한 명도 없었다. 나는 혼자서 그냥 계속 공원을 돌았다. 땅만 보고 걷던 중 내 앞으로 익숙한 그림자가 다가왔다.

오늘 우리의 마음은 통했던 건가.

따로 연락을 하거나 약속하지 않았는데도 차 율을 여기서 만났다. 근데 나 오늘은 진짜 혼자이고 싶었는데.

우연은 쓸데없이 이런 상황에서만 일어난다.

"뭐야… 너 왜 연락 안 받아…."

서운하다는 표정인가. 밉다는 표정인가.

저 표정은 차 율에게서 처음 보이는 표정이어서 잠시 헷갈렸다.

차 율도 내가 싫어진 걸까. 내가 또 뭘 잘못한 걸까.

"그냥. 오늘은 조금 혼자 있고 싶어서 안 받았어. 미안해."

"괜찮아. 이런 거 가지고 뭐 미안할 거까지야."

"불안해서, 그래서 그냥 혼자 걷고 싶었어, 미안."

"왜 불안했는데?"

"그냥. 다 흔들려서. 다른 애들은 힘들어도 뭐라도 하는데 나만 너무 힘들다고 가만히 있는 거 같아서."

"힘들면 쉬어도 돼"

"그래도 다른 애들은 다 한 가지씩은 잘하는 걸 가지고 있는데 나는… 아무것도 없잖아. 나중에 뭘 해야 할지도 모르겠으니까 더 불안한 거지."

"굳이 '뭐'가 될 필요는 없어. 너는 그냥 '너'만 하면 돼."

나는 그냥 '나'만 하기…

머릿속이 복잡해졌다.

내가 지금 공부를 해도 되는 게 맞을까?

아니, 꼭 해야 하나?

"행복은 뭘까?"

갑자기 궁금해졌다.

우리들은 나중의 행복을 위해서 공부를 열심히 하는 건데 그 행복은 무엇인지. 열심히 공부를 했는데도 나중에 행복해지지 않으면 어떻게 되는 건지. 그러면 그때의 우리는 뭘 해야 하는 건지.

"행복? 사소한 것들로부터 기쁨을 느낄 수 있다는 그런 게 행복이지 않을까."

"그런가."

"네가 생각한 행복은 뭔데?"

"모르겠어."

"너는 행복해?"

"그렇겠지."

"그냥 궁금해서. 너는 행복한지, 아닌지."

늘 나는 행복하다고 말하면서 내가 진짜로 행복한지는 나도 잘 몰랐다. 아니어도 그냥 그렇다고 말했다. 그렇게 나는 나를 외면하고 부인했다.

"걱정 마. 언젠가는 찾아올 거야."

"뭐가."

"행복. 언젠가는 우리에게도 찾아오겠지. 그러니까 걱정하지 말라고."

"그렇겠지. 너도, 나도 언젠가는 행복해지겠지."

"분명히 행복해질 거야, 너는. 그러니까 불안해하지 마."

"응… 너도 그럴 거야. 우리도 행복해질 수 있겠지…"

행복은 뭘까. 사소한 것들로부터 기쁨을 느낄 수 있다는 게 행복일까. 내가 그토록 찾던 행복이 정말 그게 맞을까. 우리가 얻지 못하는 행복이 그게 맞을까.

그렇다면 사소한 거조차 사랑해 줄 수 없는 나니까,

아직 행복할 수 없는 걸까.

"다녀왔습니다."

"왔어? 지혜야, 너 하늘영어 알지?"

"응. 들어봤어. 왜?"

"거기서 이번에 새로운 반을 만든다고 하길래. 다음 주부터 시작한다고 하니까 너 거기 다녀."

"싫어. 나 영어 안 해도 돼."

"엄마는 너한테 선택하라고 말한 거 아니야. 무조건 다니는 거야."

"싫다고. 나는 안 다닐 거야."

"백지혜. 다녀."

"아니 엄마. 내가 싫다는데 왜 자꾸 다니라고 그래… 내가 필요 없다잖아. 내가 알아서 한다잖아."

"알아서 하니까 안됐잖아. 너 이제 학원 다닐 때도 됐어! 뭐 학원에서 친구 안 만들면 그만이지."

저 한마디에 오늘 하루 동안 계속 참아왔던 게 전부 다 터져버렸다.

"…뭐? 이제 다닐 때도 됐다고? 내가 옛날에 그게 얼마나 큰 트라우마로 남았는데… 그때도 엄마 나한테 뭐라고 했어. 참고 다니라며. 좋은 학원이니까 참고 다니라며. 그래 놓고서 어떻게 그렇게 뻔뻔하게 말해?"

"무슨 트라우마야… 트라우마까지는 아니지. 여하튼 엄마가 여기 등록해 놓는다."

또 그러지. 또 내가 유난이라는 듯이 말하지. 아무것도 모르면서.

"아 엄마 좀! 나는 아직도 힘들어. 엄마는 몰랐겠지만 나는 너무 힘들다고. 그때 그 일 때문에 내가 얼마나 힘들었는데… 엄마는 모르잖아. 엄마는 아무것도 모르면서, 몰랐으면서 왜 함부로 말해?"

"엄마가 뭘 아무것도 몰라… 엄마도 다 알지. 너 친구들이랑 싸운 거. 근데 그거 별일 아니었잖아."

싸운 거 아닌데. 걔네가 나를 괴롭힌 건데.

그때의 기억들이 떠올랐다. 싫었다. 다시는 기억하기도 떠올리기도 싫은데. 그 아픈 기억조각들은 날카로운 유리가 되어서 내 마음을 찔렀다. 내 마음에서는 피가 조용히 흘렀다. 그 피들은 내 머리로 가서 아픈 기억들을 깨웠다.

나한테는 그 기억들이 너무 비통했기에. 비통하면서도 조금은 소중했기에.

머리가 아팠다. 머리가 울렸다.

어쩌면 아직도 나는 작년 그때의 기억 속에 갇혀 있나 보다.

"나한테는 엄청 큰 일이었어. 그리고 친구들이랑 싸운 게 아니라 걔네가 나 괴롭힌 거라고. 걔네가 내 뒷담 까고 다니면서 나를 어떻게 대했는데. 내가, 내가 학교에서, 학원에서도 어떤 취급을 받으면서 작년을 어떻게 버텼는지 엄마는 모르잖아. 엄마가 뭘 아는데… 그때 엄마는 내 편 들어주지도 않았잖아. 그냥 버티라며. 죽을 거 같아도 버티라며. 그냥 그러라고 나 힘들 때 내버려뒀으면서. 이제 와서 엄마가 어떻게 그렇게 말할 수가 있어? 엄마가 어떻게 나한테 그래? 엄마가 어떻게 나한테 그러는 거냐고!!!"

"이제 와서 엄마보고 어떡하라고."

"엄마는 맨날 이런 식이지. 엄마가 이러는데 내가 엄마한테 무슨 기대를 해. 정작 내가 정말 힘들 때는 모른척해

놓고서…."

엄마는 내 마음을 몰라줬다. 공감해 주려고도 하지 않았다. 엄마는 안 그래도 조금 금이 가 있던 내 마음을 깔아뭉개 버렸다. 아무것도 모르면서. 몰라줬으면서. 내가 작년에 얼마나 고통스러웠는지 몰라줬으면서. 지금도 내가 다른 애들하고 친구관계를 맺는 걸 얼마나 힘들어하는지 모르면서. 오늘도 무슨 일이 있었는지 모르면서.

이 세상에는 정말 내 편이 없는 거 같다. 나를 이해해 주지 못하는 엄마가 싫었다. 미웠다. 엄마를 미워하는 나 자신도 싫다. 엄마에게 큰소리를 낸 내가 원망스럽다. 내가 그런 일을 당한 건 엄마 때문이 아닌데. 오히려 내 탓인데. 잘못은 그 애들이 했다. 근데 그걸 당하고 있기만 한 내 잘못도 있는 거다. 결국 내 탓인 거다. 모든 건 결국 다 내 탓이다. 이번에도 엄마 때문이 아니라 다 나 때문이다.

믿었던 엄마도, 조금의 희망을 걸었던 행복마저도 내 편이 아니었다. 내 편은 없었다. 행복도, 엄마도 전부 내 편이 아니었다. 그걸 난 이번에도 눈치 없이 너무 늦게 깨달아 버린 걸까.

이제는 안 믿을래.

행복도, 엄마도. 다 거짓이었잖아.

오늘은 엄마에게 인사를 하지 않았다. 처음이었다. 엄마에게 인사를 하지 않고 학교에 간 적은. 오늘은 딱히 하고 싶지 않았다. 어제 괜히 엄마한테 짜증을 낸 게 조금은 미안해서. 괜히 엄마를 봤다가, 엄마 목소리를 들었다가 다시 울어버릴까 봐. 너는 울고 싶지 않았다. 너는 힘들고 싶지 않았다. 이제는 진짜로 살기가 싫었다. 더 이상은 살 이유도, 희망도 없었다. 유일한 희망마저 나를 배신해 버렸으니.

학교에서 시간이 어떻게 지나갔는지 모르겠다. 무슨 일들이 있었는지도 기억조차 나지 않았다. 그냥 좀 이따 뛰어내릴 내 모습을 머릿속으로 상상하고 있으니 시간은 너무나도 빨리 지나갔다.

더는 학교에 오지 못할 거라고 생각하니 괜히 아쉬웠다. 그래도 조금은 친했던 친구들을 영원히 보지 못한다고 생각하니까 미안했다. 나의 죽음을 알고 슬퍼할 친구들의 모습이 눈앞에 그려졌기에. 그런데 나는 이미 굳게 다짐한 마음을 포기할 생각이 없었다. 나는 이 세상에 더는 필요 없는 거 같아서. 쓸데없는 존재 같아서. 살아 있는 게 잘못이고, 그냥 내 존재 자체가 잘못 같아서. 다 내 탓이니까. 애초에 나는 지금까지 살아 있어서는 안 되는 거였다.

학교가 끝나고 우리 반 애들이 다 가는 걸 지켜본 다음에야 나는 옥상으로 맘 편히 향할 수 있었다. 이제는 그 누구도 나를 말리지 못할 거라는 생각에. 근데 딱 한 명을 빼놓고 있었다. 차 율. 얘를 어떻게 막지.

"오늘은 여기서 만나네."

차 율은 평소처럼 웃으며 나에게 다가왔다. 마치 내가 오늘 옥상에 올 거를 알고 있었다는 듯이.

옥상 문을 열기도 전에 차 율을 만나버렸다. 안 되는데. 차 율이 오기 전에 다 끝내려고 했는데. 어쩌지.

"그러네."

최대한 쌀쌀맞게 굴었다. 그러려고 노력했다.

마지막까지 좋은 모습만 보이면 더 아파할 테니까. 더

슬퍼할 테니까. 이제는 제발 나를 좀 싫어하라고.

나중에 혼자 아파하지 말고, 차 율.

옥상 문을 열려고 했는데, 못 열게 되었다.

도대체 이 애는 뭘까.

차 율은 불길한 예감을 느꼈는지 문을 열려는 내 손을 잡고 나를 막아섰다.

"비켜."

"싫어."

또 어떻게 알았을까.

또 어떻게 알아서 나를 이렇게 힘들게 할까.

"비키라고."

"싫어. 안 돼."

"네가 뭔데. 너 아무것도 아니잖아."

"……."

율은 내 말에 반응하지도, 움직이지도 않았다.

그냥 그저 나를 막고 서 있을 뿐이었다.

나는 그런 차 율에게 화가 났던 걸까, 아니면 그런 차 율에게 모진 말만 내뱉는 나에게 화가 났던 걸까.

"너 때문에 저번에도 못 죽었는데 왜 또 나한테 지랄이야. 왜 다 나한테만 그러는 건데!!! 내가 뭘 잘못했다고!!!"

차 율은 아무 대답도 하지 않았다. 그냥 내 손만 부여잡고 울고 있었다. 나는 아무 대답도 하지 않는 차 율에게 화가 났던 건가. 아니면 그런 차 율에게 뭐라고 하는 내 모습이 싫었던 거였나.

"애초에 나를 왜 살려놔? 내가 죽겠다는데, 내가 힘들어서 그만 죽겠다는데!!! 네가 뭔데 나를 살려놔… 네가 뭔데!!!"

"…죽으면? 죽어서 뭐 하게. 너 죽으면. 나는? 나는 어떡하라고."

"……"

"나도 지금 힘든데, 너마저 죽어버리면 그럼 나는 앞으로 어떻게 살라고!!!"

뭐가 그리 힘들었을까. 힘들면 나한테 말하지. 나 때문에 말을 하지 못한 걸까.

너도 나 때문에 더 아프고 힘들었구나. 미안. 내가 이제는 너 그만 힘들게 할게. 율아, 그러니까 제발 이제는 나 좀 놔줘.

"그러니까 지혜야. 제발 좀… 내려가자. 우리 같이 행복해지기로 했잖아…"

"애초에 행복이 뭔데? 행복한 게 뭔데? 공부 잘하는 거? 친구 많은 거? 나는 이제 행복이 뭔지도 모르겠어… 모르겠다고. 행복을 모르는데 내가 어떻게 행복해져… 그러니까 율아. 나는 행복해질 수 없어. 나는 행복해지면 안 되는 사람이야."

"그럼 찾아. 네가 찾아. 행복이 뭔지 네가 찾으라고. 찾을 때까지 노력해서 찾아내. 그래도 모르겠으면 내가 도와줄게. 내가 너 행복해지게 만들어 줄게. 그러니까 이제 여기서 내려가자… 시혜야."

차 율은 나에게 거의 구걸하듯이 내 손을 붙들고 말했다. 나는 답변 대신 그저 눈물만 보일 뿐이었다.

너무 절실해 보였다. 비참해 보일 정도로 차 율은 나에게 구걸했다. 제발 살아달라고 빌었다, 나에게. 어느새 차 율의 눈에도 얕게 눈물이 고여 있었다.

미안해, 미안해 차 율.

이렇게까지 비참하게 만들어서.

행복은 닿으려고 할수록 우리를 비참하게, 불행하게 만든다. 늘 행복은 내 편인 거처럼 굴다가 갑자기 떠나간다.

어쩌면 내가 먼저 행복을 밀어냈던 거일지도 모르겠다.

그런 행복은 뭘까. 도대체 행복이 뭐길래 우리를 이렇게까지 비참하게, 야속하게 만드는 걸까. 왜 우리는 고작 행복을 위해서 이렇게까지 해야 할까. 그까짓 행복이 뭐라고.

"…그래. 그럼 그렇게 하자."

저 표정이 너무 절망스러워 보여서. 나를 위해서 이렇게까지 노력해 주는 차 율이 고마워서.

어쩌면, 어쩌면 차 율 말대로 나중에는 나도 행복해질 수 있을 거 같아서. 그러니까 한 번만 더 믿어야지. 지금 죽기에는 아직 보지 못한 행복들이 너무 많으니까. 아직은 너무 이르다.

지금 죽기에는 날씨가 너무 좋고,

벚꽃도 아직 다 지지 않았으니까.

그러니까 나는 딱 한 번만 더 살아봐야겠다.

그래, 행복해지자. 차 율. 너도, 나도. 우리.

"고마워, 백지혜. 진짜, 진짜 고마워."

"나도 고마워. 저번에도, 이번에도."

차 율은 꽉 잡고 있던 내 손목을 놓고 내 손을 잡았다.

그 손은 따뜻했다.

그 순간에 나에게 말을 걸어준 사람이 너라서.

너였기에 나를 살릴 수 있었고, 너였기에 내가 살았다. 저번에도, 이번에도. 너만이 나를 살릴 수 있었다.

우리는 아직 너무 어리다.

우리는 많이 망가져 있다.

우리는 가장 빛나고 행복해야 할 시기인 지금 많이 아프다.

하지만 괜찮다. 그게 우리들의 탓이 아니기에.

우리가 아픈 이유에 우리들의 탓은 없으니까. 앞으로도 없을 거니까.

우리가 아픈 건, 우리가 못나서가 아니라,

이 세상 때문에.

이 썩어빠진 세상 때문에

내가 이런 거니까.

언젠가는 활짝 웃을 그 순간을, 반짝반짝 빛날 그 순간이 올 때까지 버텨야지. 그 생각 하나만으로 나는 오늘을, 내일을 살아갈 거다. 앞으로도 계속 그렇게 살아갈 거다.

벚꽃이 예쁘게 활짝 피었다가 거센 비바람에 다시 비참하게, 처참히 지는 계절이었다.

봄이 갔다. 여름이 오고 있나 보다.

제5장

겨울눈

 나는 어릴 때부터 뛰어나게 뭘 잘하지도, 못하지도 않았다. 그냥 평범했다. 나와 가장 잘 어울리는 단어가 있다면 평범이었다. 평범한 나는 나쁘지 않았다. 나는 평범한 내가 좋았다. 나는 평범한 나를 사랑했다. 그런데 엄마 아빠는 평범한 나보다는 형을 더 좋아했다. 특별한 형을 더 사랑했다. 항상 형에게 사랑을 더 먼저, 많이 나누어 주었다. 나는 항상 형 다음이었다. 내가 먼저였던 적은 단 한 번도 없었다. 어리고 쉽게 상처받는 시기였어도, 나는 형을 더 좋아하는 엄마 아빠를 단 한 번도 원망하지 않았다. 아무리 어렸을 때라도 이해하려고 했다. 형을 더 좋아하는 엄마 아빠를.

우리 형은 특별하니까 그러는 거라고.

특별해서 어쩔 수 없는 거라고.

우리 형은 평범한 나와는 달랐다. 우리 형은 공부를 뛰어나게 잘했다. 우리 형은 말 그대로 영재였다. 엄마 아빠는 그런 형을 보면서 기뻐했고 형이 더 잘하기를 바랐다. 그래서인지 형이 가끔은 1등을 하지 못할 때면 밥도 주지 않았다.

엄마와 아빠는 형이 초등학생이 되자마자 학원에 보냈다. 어릴 적부터 학원에 다닌 형은 엄마 아빠의 바람대로 공부를 잘했다. 초등학교에서, 중학교에서 1등을 놓친 적이 없었다. 내신 성적이 좋았던 형은 엄마 아빠가 원하는 대로 과학고에 진학했다. 고등학교에 입학하고 본 첫 시험에서는 우리 가족의 기대와는 달리 형은 거의 꼴찌에 가까운 등수를 받았다. 엄마 아빠는 그런 형을 매일 나무랐고, 더 많은 학원을 다니게끔 만들었다. 엄마 아빠에게 형의 의견 따위는 중요하지 않았다. 솔직히 나도 공부를 잘하지 못하는 형은 싫었다.

공부를 잘하는 형은 늘 나에게 자랑거리였다. 다른 친

구들이 자기 가족을 자랑해도 우리 형보다 더 대단한 사람은 없었다. 그런데 나에게 훈장처럼 대단하고 엄청난 존재였던 형이 공부를 못하게 되자 나도 불안했다. 이러다가 내 자랑거리가 없어질까 봐. 그러면서 한편으로는 형을 자랑거리로만 생각하는 내 모습도 싫었다. 내가 형을 그렇게밖에 생각하지 않는 거 같아서.

하지만 그런 나의 걱정이 무색하게도 형은 다시 공부를 잘했다. 다시 전교 10등 안에 들기 시작했고 엄마 아빠도 기뻐하셨다. 나는 우리 집의 분위기가 좋아져서 좋았다. 기뻤다. 그렇게 형은 다시 우리 가족의 자랑거리가 되었다. 그런데 형은 그게 싫었던 걸까. 그 자리가 너무나도 부담스러웠던 걸까. 하늘이 유난히 높고 투명했던 그날, 형은 내 곁을 떠나갔다. 영원히.

그날 나는 평소처럼 학원이 끝났을 형을 데리러 갔었다. 평소와 달리 형은 한참이 지나도 나오지 않았다. 나는 너무나도 더운 날씨에 기다리는 것에 싫증이 나 있었다. 형이 계속해서 나오지 않자 나는 뭔가 이상하다는 걸 알아차렸다. 한 선생님이 나를 찾으며 달려 나왔다. 그러고서 믿을 수 없는 말들을 했다. 그 말들을 들은 나는 무작정 뛰어서 옥상으로 올라갔다. 그 높은 건물을 한숨에 다 올라갔다. 엘리베이터를 탈 생각조차 하지 않고 무작정 계단으로 뛰어 올라갔다.

옥상 문을 열자 나는 믿고 싶지 않았던 선생님의 말들이 사실인 걸 인정할 수밖에 없었다.

옥상에서는 다른 선생님들이 난간 위에 홀로 서 있는 형을 말리고 있었다. 내가 형을 부르자 형은 나를 기다렸다는 듯이 쳐다보았다. 그러고는 나를 보며 웃어주었다. 그 웃음은 기뻐 보이지가 않았다. 아파 보였다. 슬퍼 보였다. 외로워 보였다. 가서 꼭 안아주고 싶었다. 그런데 옥상 난간 위에 서 있던 형은 너무 여리고 약해서. 꼭 안아주었다가 뛰어내릴까 봐. 부서져 버릴까 봐. 무서워서 안아주지도 손잡아 주지도 못하고 가만히 서 있었다.

지금 아무것도 안 하면 평생 이 순간을 후회할 것을 알았음에도 나는 가만히 있었다. 이 모든 일들이 마치 꿈이라는 것처럼, 현실이 아니라는 것처럼 나는 내 눈앞에서 벌어지고 있는 일들을 전부 부정하고 있었다. 꿈 같았다. 악몽을 꾸는 거처럼 무서웠고 아무 소리도 나오지 않았다.

"율아, 안녕."

형은 미소를 지으며 나에게 작별인사 같은 말을 했다. 나는 바로 형을 향해 달려갔지만 그때 이미 형은 세상에 몸을 내던진 후였다. 바닥에는 희미하게 웃으면서 피를 흘리고 쓰러져 있는 형의 모습이 보였다. 그게 형의 마지막 모습이었다.

그때 떨어지는 형을 보며 나는 말로 표현할 수 없을 무언가를 느꼈다. 그건 슬픔이었을까, 절망이었을까. 그리고 그 무언가는 나를 슬프게 만들었다. 나는 계속 울었다. 형이 죽어가던 순간에도, 형의 장례가 치러질 때도.

형이 옥상에서 뛰어내린 후에, 죽어가던 그때 그제서야 119가 도착했다. 나는 더 빨리 도착하지 않은 119를 탓했다. 그 이후에는 더 거세게 말리지 않은 선생님들을 탓했다. 그다음에는 엄마 아빠를 미워했다. 항상 형을 구박하기 바빴던 엄마 아빠를. 나도 알았다. 그 누구의 탓도 아니라는 것을. 하지만 결국 맨 마지막에는 나를 탓했다. 옥상에서 형을 붙잡지 못한 나 자신을. 아무것도 하지 않고 멍청하게 서 있기만 했던 나를 탓했다. 내가 원망스러웠다.

우리 가족은 형을 떠나보내고 다시 일상으로 돌아가지 못했다. 사이가 좋았던 우리 엄마 아빠는 형이 가고 나서는 서로 한마디도 나누지 않으셨다. 나와도 대화를 하려고 하지 않았다. 그냥 영원히 우리의 곁을 떠나가 버린 형을 그리워하며 울 뿐이었다.

나는 우리 가족이 이대로 무너질까 봐, 다시는 웃는 엄마 아빠의 모습을 보지 못할까 봐 두려웠다. 그래서 아무렇지도 않은 척, 평소처럼 굴었다.

엄마는 그런 내가 싫었던 건지, 아니면 형이 그리웠던 건지 어느 날부터인가 내 탓을 하셨다. 단지 내가 형이 난간에서 떨어질 때 그 자리에 같이 있었다는 이유로만 나 때문에 형이 죽었다는 말도 안 되는 오해를 받아야 했다. 내가 난간에 서 있는 형을 밀어서 그래서 형이 죽은 것이라고 말하며 있지도 않은 말을 지어내면서 나를 탓했다. 아니라고 아무리 말해도 엄마는 듣지도 믿지도 않았다. 나는 매일 엄마에게 얘기했지만 달라지는 것은 딱히 없었다. 항상 엄마는 내가 얘기를 시작하려고만 하면 방으로 문을 닫고 들어가셨다. 엄마는 점점 더 그게 사실인 것처럼 믿게 되셨다. 억울했다. 나도 형이 죽어서 슬픈데. 내 슬픔도 감당하기가 벅차고 힘든데 그런 말도 안 되는 오해를 가장 사랑하는 사람에게 받으니 너무 힘들었다. 하지만 나는 그 힘듦을, 슬픔들을 공유할 사람이 없었다. 나조차도 나의 힘듦을, 나의 슬픔을 인정해 주지 않았기에. 나마저 외면해 버렸기에. 내 편은, 나는 그 어디에도 없었다. 믿었던 사람들마저 다 나를 배신했기에.

    그런 일이 있고 난 후, 나는 내일이 없는 사람처럼 살았다. 희망도, 살 의지도 없는 사람처럼. 밥은 먹지도 않았고 집 밖을 나가는 일이 거의 없었다. 그냥 학교를 가고 싶지도, 밥을 먹고 싶지도 않았다. 나는 그냥 아무것도 하고 싶지가 않았다. 모든 게 귀찮았다. 사는 거조차 귀찮았다. 그냥 죽어도 나쁘지 않을 거 같았다.

    아무도 나를 건들지 않았다. 그 누구도 나를 신경 쓰지 않았다. 엄마도, 아빠도. 세상에 혼자 남은 거처럼 외롭고 추웠다. 13살 겨울을 그렇게 보냈다. 차갑고 쓸쓸하게. 형은 그때 나를 보고 왜 웃어준 걸까. 왜 그렇게 쓸쓸한 눈동자로 날 바라본 걸까. 나는 얼마나 더 많은 눈물을 흘리고 밤을 새워야 형을 잊을 수 있을까. 이제 잊고 싶은데. 내가 잡아주지 못했던 형의 손은 자꾸만 나를 뜨거웠던 여름으로 데려갔다. 싫다. 나를 힘들고 괴롭게 만드는 형이 이제는 너무나도 싫다.

그러면서 한편으로는 형을 미워하는 내가 싫었다. 형은 이제 죽었는데. 죽은 형을 미워하고 싫어하는 나도 싫었다. 나는 비겁했다. 비겁한 나는 이제 그만 사는 게 맞는 거 같다는 생각이 들었다. 죽고 싶었다. 나도 형을 따라서 가고 싶었다. 이제는 그만 힘들고 싶었다. 손을 그었다. 그런데 나는 죽지 못했다. 목을 졸랐다. 나는 죽지 못했다. 핏줄이 몰려 있는 손목을 그었다. 그저 피가 많이 날 뿐, 나는 죽지 못했다.

옥상으로 올라갔다. 해가 다 지면, 노을이 다 지고 나면 죽을 것이라고 다짐했다. 아무것도 보이지 않는 깜깜한 밤이 되면 아무도 모르게 죽어버리겠다고 다짐했다. 꼭 죽을 것이라고.

옥상에 올라가면서 계속 다짐하고 다짐했다. 옥상은 쌀쌀했다. 아직 겨울이었다. 난간 위는 무서웠다. 내가 진짜로 떨어져서 죽을까 봐 두려웠다. 그제서야 나는 내가 보였다. 아주 작게 웅크려 앉아서 울고 있었던 나를. 내 마음을.

형을 떠나보내고 엄마에게 미움을 받아도, 나는 살고 싶었다. 미치도록 살고 싶었다. 너무나도 살고 싶어서 그래서 괴로웠다. 나는, 나는 단 한 번도 죽고 싶다는 생각을 해본 적이 없었다. 미안했다. 그동안 나마저 내 마음을 몰라줘서. 제대로 살고 싶어졌다. 한번 제대로 멋지게 살아보고 싶었다.

어느새 겨울은 가고 봄이 다시 오고 있었다.

춥고 시리던 겨울은 길었다. 겨울은 차가워 보였지만, 그래도 조금은, 아주 조금은 따뜻했다.

쌀쌀하고 추웠던 겨울은 가고, 나는 중학교에 입학했다. 예전처럼 다시 친구들도 사귀고 학교도 다니면서 나름 정상적인 생활을 했다. 그렇게 나는 예전으로 다시 돌아갔다. 아니, 그렇다고 믿고 싶었다. 다시 예전으로 돌아갈 수 있는 거라고. 이제는 그래도 되는 거라고. 나도 이제 그만 힘들고 그만 아파도 되는 것이라고, 적어도 나에게는 그럴 자격이 있다고 생각했다. 하지만, 내 생각과 달리 새 학기가 시작하고 얼마 안 가서 내 얘기가 학교 전체에 퍼졌다. 그러자 애들은 나를 동정으로 대하기 시작했다. 불편했다. 나는 이제 괜찮은데. 진짜 괜찮아졌는데. 나도 이제 그만 힘들고 싶은데. 그런데도 애들은 자꾸 나를 춥고 외로웠던 시절로 다시 데려갔다. 나는 내가 안 좋았던 시절을 떠올리게 만드는 애들이 싫었고, 다른 애들과 다르게 대하는 선생님도 싫었다. 모두가 호의라고, 배려라고 생각하고 한 행동들은 나에게는 상처가 되어 나를 힘들게 만들었다. 그 상처는 나를 아프게 했다. 다시 나를 외롭고 쓸쓸하게 만들었다. 나는 다시는 그 시절로, 아팠던 그때의 겨울로 돌아가기 싫었다.

    그래서 내가 한 선택은 '외면'이었다. 내가 할 수 있는 건 외면밖에 없다. 어쩌면 다른 사람들 눈에는 도망처럼 보일 수도 있었지만, 나는 다른 사람늘이 보기에 '형이 사살해서 형을 잃은 불쌍한 애'가 아닌 그저 그렇게 평범한 중학생 차 율이고 싶었다. 나는 내가 공부보다는 친구들이 더 좋고 게임을 좋아하는 평범한 중학생이고 싶었다.

    나는 다른 학교로 멀리 전학을 가거나, 학교를 쉬는 대신 자퇴를 선택했다. 학교라는 공간 자체에 이질감이 들었다. 멀리 전학을 갈까도 생각해 봤지만, 전학을 가도 어차피 다 똑같을 거라는 생각에 멈췄다. 그리고 아직 나에게는 나를 찾을 시간이 더 필요했다. 나를 회복할 시간. 다시 예전으로 돌아갈 준비가. 그것들이 내가 나를 지키기 위해서 할 수 있는 선택들이었다.

그날은 학교에 마지막으로 정리하러 간 날이었다. 하교 시간이 한참 지난 시간이었기에 당연히 아무도 없을 거라고 생각했다. 딱 한 명만이 있었다. 백지혜.

백지혜는 유명했다. 여자애들 사이에서도, 남자애들 사이에서도. 거의 그때 1학년 전부가 다 걔를 알았다. 정확히 무슨 일들이 있었는지는 잘 몰랐지만 그게, 그 소문이 진짜가 아니라는 거는 거의 모든 애들이 알았다. 그 소문을 믿는 애들도 몇 없었다. 그래도 백지혜를 도와준 애는 단 한 명도 없었다.

나도 도와주지 않았다.

나는 보기만 해도 알 수 있었다.

왜 옥상으로 가는지.

왜 옥상으로 밖에 갈 수 없었는지.

나는 곧바로 그 애를 따라서 옥상으로 올라갔다. 옥상은 넓고 고요했다. 그 애는 내 예상대로 난간 위에 위태롭게 서 있었다. 나는 그냥 가만히 서서 계속 그 애를 쳐다봤다. 그러다 문득 그 애와 눈이 마주쳤을 때 진짜 이대로 가만히 있기만 하면 안 될 거 같다는 생각이 들었다. 나는 또다시 내 눈앞에서 다른 사람의 죽음을 보고 싶지 않았다. 나는 그 애에게 자기가 얼마나 특별하고 소중한 존재인지 알게 해주고 싶었다.

"네 잘못 아니야."

그 많고 많던 위로들 중에서 나는 왜 네 잘못이 아니라고 말했던가. 그때 내가 제일 듣고 싶은 말이었나.

그러고는 그 애에게 손을 내밀었다. 그때 그 애의 눈에서는 작은 파도가 치고 있었다. 그 파도는 노을에 비쳐서 아름답게 보였다. 파도가 치다가 넘쳐흘러 그 애의 뺨을 타고 흘렀다. 나는 그 애를 보면서 그 애는 작년 겨울의 내 모습과 많이 닮아 있다고 생각했다. 그래서 더 도와주고 싶었다. 깨닫게 해주고 싶었다. 자기가 이 세상에 없어서는 안 되는 존재라는 것을. 꼭 필요한 존재라는 것을.

그 뒤에 나는 또 그 애를 옥상에서 다시 만났다. 여전히 위태로워 보이는 그 애였다. 그 애의 눈은 고요한 바다 같았다. 아무런 미동도 없는 바다. 아주 잔잔하고 파도도 치지 않는.

이번에는 도와주고 싶어졌다.

죽고 싶다는 결심 대신, 다시 살아보고 싶다는 생각으로 머릿속이 가득 차도록.

내가 알려줄게, 백지혜.

네가 너를 사랑할 방법을.

그리고 다시 이 세상을 살아갈 방법을.

이 세상을 다시 사랑할 방법을.

제6장

서로에게 안녕이란
인사를 건네며

백지혜는 우리 형과 많이 닮아 있었다. 남 탓은 절대 안 하면서 자책하는 면과, 혼자 아픈 걸 숨기고 버티려는 점이. 형이 살아 있었을 때 혼자 많이 힘들어하고 고생했을 걸 생각하니 형한테 미안했다.

동생이나 되어서 형의 마음을 몰라주어서.

백지혜를 만나고 나서는 행복했다. 그 애랑 같이 있으면 묘하게 마음이 편했고, 아무 걱정을 하지 않아도 되어서 좋았다. 이상하게도 마음이 놓이고 모든 걸 다 털어놓아도 될 것만 같았다. 마음이 불편하지가 않았다.

하지만 집에만 오면 나는 다시 불행해졌다. 집은 내게

더 이상 천국이 아니었다. 집은 이제 나한테는 가장 힘든 곳이다. 날 가장 불행하게끔 만드는 곳.

"저 왔어요."

"……"

또 술을 마셨나 보다.

집이 이렇게나 잔잔한 걸 보면.

"…저 들어가요."

"너 때문이잖아! 너 때문에 죽은 거라고. 내 아들이 너 때문에 죽은 거라고!!! 네가 그날 밀었잖아. 네가 뒤에서 밀었잖아!!! 너 때문이야… 너 때문이라고!!!"

"엄마… 아니에요. 내가 안 밀었다고요."

"네가 밀었잖아. 거짓말 치지 마. 그래 놓고서 또 내 탓 하려고? 내가 공부하라고 해서 그렇게 된 거라고? 맞잖아. 네가 죽인 거 맞잖아!!!!!"

"아니라고!!! 맞아. 엄마 때문에 형이 죽은 거야. 그날 옥상에서 형을 민 건 제가 아니라 엄마가 민 거라고. 엄마가 형을 못살게 해서 형이 죽은 거라고요…"

"뭐? 지금 너 그게 나한테 할 소리야? 이게 누구한테 뒤집어씌워!!!"

"아니야, 아니라고!!! 엄마 제발… 제발! 이제는 정신 차려요."

"내가 뭔 정신을 차려… 정신은 네가 차려야지!"

"엄마, 형 간 지 지금 1년 거의 다 되어가요… 이제는 좀 보내줘요, 우리."

"아니야… 아니야. 네가 죽였지? 네가 죽였잖아!!!"

지금 엄마는 정상이 아니다.

이상한 말을 하는 걸 보면 제정신이 아닌 거 같다.

더 이상 상대하기도 말을 섞기도 싫었다.

말이 애초에 통하지가 않는데. 뭐 어떡하라고.

잠시나마 엄마가 다시 돌아오지 않을까 기대한 내가 한심하게 느껴졌다.

마음이 복잡했다.

엄마는 항상 내 행복들을 망가뜨렸다. 부숴버렸다. 내가 어렵게 해서 겨우 얻은 행복들을 전부 산산조각 내버렸다. 그런 엄마가 싫다. 밉다.

어쩌다가 이렇게 되었을까. 나는 이제 다시 다 원래대로 돌아온 줄 알았는데 아니었나 보다. 돌아올 수 있는 건 줄 알았는데.

우리 가족은 화목했다. 매일 서로에게 사랑한다고 말해주며 웃으며 마주 보고 대화를 했다. 나는 그게 당연한 거라고 생각해 왔다. 나는 그게 얼마나 소중한 거였는지를 형을 떠나보내고서 알았다.

형이 가고 나서 엄마는 매일 술만 마시며 내 탓을 했고, 아빠는 그 어떤 말도 하지 않았다. 형은 이런 걸 바란 게 아닐 텐데. 우리 집에서 화목함이라고는 다시는 찾아볼 수 없게 되었다. 엄마는 나만 보이면 물건을 던지며 형을 내가 죽인 거라고 소리쳤다. 그게 점점 일상이 되었다. 가장 사랑하는 사람에게 그런 소리를 듣는 일은 많이 힘들었다. 혼자서 견딜 수 없을 만큼 힘들었다. 다시 죽고 싶다는 생각이 들 정도로 힘들었다.

그래도 지혜한테는 말하지 않았다. 아니, 말하지 못했다. 만약에 내가 얘기했다가 그 애가 더 힘들어질까 봐 걱정되었다. 그 애가 힘든 건 나도 싫었다.

그런데 이제는 나도 못 참을 거 같다. 너무 지겹다.

이 집이, 이 공기가 이제는 너무 답답하다.

오늘도 다시 또 시작이었다.

"네가 죽였잖아… 너 때문이라고!!!"

"엄마… 제발. 이제는 좀 그만해요. 아니라고. 내가 안 그랬다고요…."

-띠리릭-

"아빠?"

"……"

아빠는 그냥 지나쳤다. 엄마가 소리치는 걸 보고서도 지나쳤다. 엄마가 나한테 뭐라고 하는지 들었는데도 그냥 무시했다. 별일이 아니라는 거처럼. 마치 일상이라는 거처럼.

"아빠."

"…왜."

오랜만에 들어보는 아빠 목소리였다. 그토록 듣고 싶었던 그 목소리. 내가 그렇게 찾던 목소리.

"왜 아무 말도 안 해?"

"……"

"왜 내 편 안 들어줘? 엄마가 나한테 자꾸 내가 죽였다고 저러는데 왜 안 말려? 왜 나 안 도와줘? 이제 형 죽었다고 나는 아빠 아들도 아니야?"

"……"

"왜 대답 안 해? 왜 나 안 도와줘? 아빠잖아. 우리 아빠잖아!!! 엄마가 나한테 잘못했잖아. 왜 엄마 안 말려? 나도 아프고 힘들어 죽겠는데… 왜 다들 나한테만 그래. 왜!!!"

나는 그 길로 집을 뛰쳐나왔다. 옛날에는 집이 너무 따뜻하고 좋았지만 지금은 춥고 외롭고 힘든 지옥이다. 집이 지옥이 될 수 있는 거였나.

어쩌면 그곳은 이미 우리 집이 아닐지도.

막상 나오니 갈 곳이 없었다. 지금 생각하는 사람이 딱 한 명밖에 없었다. 백지혜.

전화를 걸었다. 지금 생각나는 사람에게.

그 사람이 너무 보고 싶어서.

그 사람이 나는 이미 너무 좋아진 거 같아서.

"어디야? 지금 만날 수 있냐?"

"당연하지. 어디서 볼래?"

"그냥 공원에서 봐."

"그래."

당연히 볼 수 있다는 백지혜의 말이 좋았다.

전화를 받아준 백지혜가 좋았다.

그냥 이유 없이 좋았다. 그 아이가.

###

"갑자기 왜 보자고 했어?"

"그냥. 심심해서."

"네가 나를 그냥 심심해서 보자고 할 게 아닌데. 너 뭔 일 있지?"

"…아니야. 아무 일도 없어."

"맞네. 있었네."

"……."

"무슨 일인데 그래…?"

"음… 그냥 조금 힘들어서."

"괜찮아…?"

"응. 괜찮아."

"너 안 괜찮잖아. 힘든데 괜찮은 게 어딨어, 그냥 안 괜찮은 거지."

"나 안 괜찮아, 지혜야."

시야가 흐려졌다. …싫은데. 나 울기 싫은데. 이제는 그만 슬프고 그만 울고 싶은데. 그런데 눈물은 내 말을 따라주지 않았다.

"많이 힘들었겠다, 너."

"…그랬나 봐. 나, 많이 힘들었나 봐."

"미안해. 내가 너 마음 몰라줘서. 맨날 내 얘기만 하면서 내가 너 더 힘들게 했다. 미안."

"아니야, 미안해하지 마. 너 때문 아니니까 자책하지 마."

"너 힘든데 내가 괜히 더 힘들게 했잖아."

"네 탓 아니야. 네가 미안해할 일 없어."

"그래도… 나 때문에 더 힘들었을까 봐. 무슨 일이야?"

"가족."

"가족?"

"나한테 형이 한 명 있었어. 우리 형은 세상에서 제일 착한 사람이었어. 마음이 넓고 깨끗한 사람."

"아…"

"우리 형은 공부도 엄청 잘했어. 항상 1등이었어. 초등학교 때도, 중학교 때도 시험을 보면 항상 1등이었어. 1등이 아닌 적이 없었어. 근데 고등학교에 올라가고 나서 본 첫 시험을 망한 거야. 그래서 엄마랑 아빠는 뭐. 엄청 뭐라고 하면서 학원을 더 많이 보냈지."

"……"

"학원을 엄청 보내놓으니까, 다시 1등을 하더라. 그래서 나는 형이 괜찮은 줄 알았어. 그냥 형은 괜찮을 거라고 믿고 싶었어. 근데 아니었나 봐. 나는 아직도 그날의 모든 게 다 생생하게 기억나."

"그날은 기말고사 결과가 나오는 날이었어. 나는 평소처럼 학원이 끝났을 형을 데리러 나가 있었어. 형이 학원이 끝났을 시간이 아무리 지나도 나오지를 않는 거야. 그래서 나는 기다리는 데에 싫증이 나 있었어. 여름이어서 너무 더웠거든. 습해서 끈적한데 또 햇빛은 쨍쨍해서 짜증이 났었어. 근데 갑자기 불안하게 학원 선생님이 달려나오면서 나를 찾더라. 형이 학원에서 내 얘기를 했나 봐, 나를 알더라고. 나한테 형 동생이 맞냐고 묻고는, 지금 당장 꼭 옥상에 가야 된대. 형이 지금 옥상에 있다고. 그 말을 듣자마자 나는 그 높은 층을 뛰어 올라갔어. 나는 아닐 거라고, 우리 형이 그럴 리가 없다고 생각했어. 근데 가보니까 진짜로 형이 옥상 난간 위에 서 있더라. 내가 가니까 형이 나를 보면서 웃어주더라. 그게 형의 마지막 모습이었어. 내가 다가가니까 형이 바로 뛰어내렸어."

"그날 나는 눈앞에서 형을 잃었어. 모든 게 내 탓인 거 같았어. 어쩌면 내가 형을 가자마자 붙잡았다면, 뛰어내리기 전에 말을 해줬다면. 더 빨리 뛰어 올라갔다면 살았을 수도 있다는 생각에."

"많이 슬펐겠다."

"슬펐지. 그때는 엄청 슬펐지. 이제는 괜찮아."

"괜찮다고 말 안 해도 된다고 바보야."

"…나 지금은 진짜로 아무렇지도 않아."

"안 괜찮잖아, 너."

"……나도 잘 모르겠어."

이제는 나도 내가 다 괜찮아졌다고 생각했는데. 아니었나. 더 말해주고 싶은데 자꾸만 울음이 막는다.

"울어도 돼. 울고 싶으면 울어도 돼. 굳이 다 말 안 해줘도 돼. 천천히 해, 너 마음대로."

저 말 한마디에 한참을 울었다.

나 정말 안 괜찮았나 보다.

"형이 죽고 나서 우리 가족은 다시 예전으로 돌아가지 못했어. 엄마는 내 탓을 해. 나 때문에 형이 죽었다고… 내가 뒤에서 형을 밀어서 형이 죽은 거라고. 내가 아니라고 말해도 엄마는 맨날 내가 죽였다고만 해. 근데 더 싫은 건, 아빠는 그런 엄마를 보고서 그냥 무시해. 나 형 그렇게 되고 나서 그동안 아빠랑 말 한마디도 안 했어."

"다들 많이 힘드신가 봐…."

"그런가 봐. 아직까지도 예전으로 못 돌아간 걸 보면."

"근데 너도 많이 속상했겠다… 네가 그런 거 아닌데."

"네가 어떻게 알아? 내가 안 그런 거. 나 안 지도 얼마 안 됐는데."

"음… 지금까지 내가 봐온 차 율은 그럴 애가 아니야. 내가 아는 차 율은 따뜻한 사람이야. 아무리 추워도 너랑 있으면 항상 주변이 따뜻했어."

"…고마워. 내 편 들어줘서."

"나는 항상 네 편 해줄게."

"고맙다. 백지혜."

집에 가고 싶어.

다시 우리 집으로 가고 싶어.

###

집은 아직도 싸늘했다. 여전히 우리 집처럼 느껴지지가 않는다.

"율아."

"……"

"미안하다, 아빠가. 아빠는 율이 너는 괜찮은 줄 알았어."

"이제는 괜찮아요. 아빠도 힘들었잖아."

"아빠는 괜찮아. 아빠는 어른이잖아. 아빠는 어른이니까 다 괜찮아야지."

"아빠도 힘들잖아요. 어른이어도 힘들면 울어도 돼요."

나는 형이 죽었을 때도 단 한 번도 아빠가 운 모습을 본 적이 없었다. 나는 그런 아빠를 보면서 원망했다. 형이 죽어도 슬퍼하지 않는 거 같아서. 아빠만 아무렇지 않은 거 같아서.

"…아니야… 아빠는 진짜로 다 괜찮아, 율아."

"안 괜찮으면 안 괜찮다고 해도 돼요. 그리고 아까는 죄송해요. 아빠도 많이 힘들었을 텐데 제가 너무 저만 생각했어요."

"…고맙다, 우리 아들."

아빠는 나를 보며 웃어주었다. 형이랑 닮았다. 웃는 모습은 둘이 완전 똑같았는데.

"저도 고마워요. 우리 아빠 해줘서."

"……"

아빠를 보니 어느새 울고 계셨다. 나의 몇 안 되는 위로에 아빠는 그동안 참아온 슬픔이 다 터지셨는지 한참을 주저앉아 울고 계셨다.

"아빠가 많이 부족한 아빠여서 미안하다. 그리고 고마워. 사랑해, 우리 아들."

"사랑해요."

아빠와 나는 그동안 아무도 건드리지 않았던 형의 방

을 정리하기로 했다.

솔직히는 아직도 아무것도 건들고 싶지가 않다. 형의 물건들을 정리하기 싫다. 형이 이제 내 곁으로 오지 못한다는 걸 인정하고 싶지 않다. 그래도 이제는 형을 제대로 보내주고 싶다. 이제는 다 받아들여야지 형이 편안해질 수 있을 거 같아서. 나도 그래야 행복해질 수 있는 거 같아서. 그래야지 나도 형을 다시 볼 용기가 생길 거 같다.

나는 굳게 잠겨 있던 형의 방에 들어갔다.

이 방만큼은 작년에 멈춰 있었다. 작년 그때 그날에.

형의 방에는 형의 손길과 따스함이 아직까지도 곳곳에 묻어 있었다. 형의 손길이 아직 남아 있는 물건들을 볼 때마다 형과의 행복했던 추억에 또 눈물이 났다.

마음이 너무 쑤셨다.

힘겹게 다 정리를 하고 나니 형이 그날 학원에 가져갔던 가방만이 남아 있었다. 형의 손길이 가장 마지막으로 닿아 있었던 물건이라고 생각해서 미루고 미뤘지만 이제는 해야 한다. 진짜로 꼭 해야만 한다.

형의 가방 속에는 편지 두 장이 들어 있었다. 하나는 나에게, 다른 것은 엄마 아빠께 쓴 것이었다.

눈물이 나왔다. 이게 형이 나한테 써준 마지막 편지라는 생각에 더 눈물이 나왔다.

내 동생에게

이렇게 편지를 쓰는 건, 정말 오랜만이다, 율아.
그리고 네가 이 편지를 보고 있다는 건
내가 네 곁을 떠났다는 거고.
미안해. 아무 말 없이 가버려서 미안해.
율아, 나는 율이 네가 내 동생이어서 좋았어.
시험 때문에 많이 힘들었는데 그래도 네가 내 동생이어서
지금까지 버틸 수 있었어.
율아, 네가 그리울 거야. 엄청 많이 그립고 보고 싶을 거야.
우리 다음 생에 꼭 다시 보자.
그때는 내가 꼭 먼저 다가갈게. 먼저 가서 널 안아줄게.
사랑해. 정말 많이 사랑해, 율아.

2024. 07. 21.
형이 율에게

편지를 읽는 내내 눈물이 나올뻔했다. 그런데 내가 울었다가 하늘에서 형이 볼까 봐, 편지가 젖어버릴까 봐 울지 못했다. 다 읽고 편지를 손에서 내려놓는 순간 두 눈에서 눈물이 쏟아져 나왔다.

그 눈물은 그칠 줄을 몰랐다.

너무 미안해서.

형한테 너무 미안했다.

그리고 형이 너무 보고 싶었다.

그 단단해 보이던 뒷모습이, 나를 따스하게 바라보던 그 눈빛이 그리워졌다. 나를 보면서 웃어주던 그 따뜻한 웃음이 또 보고싶다.

보고 싶어, 형.

이제는 진짜로 형을 보내줘야 한다. 엄마가, 내가, 아빠가. 우리가.

형을 보러 갔다. 순수하고 따스했던 형의 마음처럼 곱고 하얗게 탄 형은 가루로만 남아 있었다. 우리는 형을 최대한 가까이 두고 싶어 집 근처에 있는 납골당에 형을 두었다. 자주 갈 수 있도록. 그런데 나는 형을 처음 그곳에 보낼 때 빼고는 단 한 번도 가보지 않았다. 이상하게도 가기 싫었다. 가면 진짜로 형이 죽은 걸 인정하는 거라고 생각했다. 인정하기 싫었다. 그래서 그 주변에는 가지도 않았다.

오늘 막상 처음 와서 본 형은 사진 속에서 활짝 웃고 있었다. 행복해 보였다.

"형, 안녕. 오랜만이네. 잘 지냈어? 나는 형 가고 나서는 못 지냈는데… 그동안은 내가 좀 힘들었어. 혼자서 조금 외롭고 힘들었어. 근데 이제는 괜찮아. 진짜 괜찮아. 그리고 미안해. 그날 많이 무서웠을 텐데 내가 손 안 잡아줘서. 거기서 아무것도 안 해줘서 미안해. 나도 진짜 많이 사랑해. 나 또 올게. 사랑해."

안에서 오랫동안 있다가 괜히 울까 봐 빨리 나왔다. 오랜만에 보는 형 앞에서 우는 모습이기는 싫었다. 형 앞에서는 계속 웃고 있고 싶었다. 행복해 보이고 싶었다. 형에게 걱정 끼치기는 싫었다.

납골당 밖으로 나가니 비가 왔다. 소나기가 내리고 있었다. 갑작스럽게 내리는 소나기여서 우산이 없었다.

그래서 그냥 맞으면서 집으로 걸어갔다. 우산이 없어

서 비를 맞는데도 좋았다. 평소에 비를 맞는 걸 싫어하던 나였지만 오늘은 이상하게도 비를 맞는 게 좋다.

    비가 머리와 어깨에 닿아서 젖었고, 그래서 찝찝했다. 그런데 마음은 이상하게도 편했다. 마음이 놓였다.

    오랜만에 느끼는 편안함이었다.

    형, 안녕.
    잘 가.

엄마 아빠께

감사합니다.
미안합니다.
그리고, 사랑합니다.

차 혁 올림

우리가 이 세상을
살아가는 법

 오늘 처음 봤다. 차 율이 우는 모습을. 힘들어하는 모습을. 그래도 나는 너만은 아무 걱정도 없고 행복하게 잘 지내고 있는 줄 알았는데 아니었나 보다. 그랬길 바랐는데. 그러지 못했나 보다.

 차 율은 아프게 울었다. 아프게 우는 차 율은 나도 아프게 했다. 힘들었던 차 율을 몰라준 나를. 바보같이 내 얘기만 할 줄 알았고, 아무것도 몰라준 나를. 그 애도 나처럼, 나보다 훨씬 더 힘들었을 텐데.

 차 율과 헤어지고 들어와서 나는 한동안 꺼내지 않았던 칼을 꺼냈다. 너무 미안해서. 아무것도 몰라준 게 너무

나도 미안해서. 얼마나 힘들어했을지, 아파했을지 알 거 같아서 더 죄책감이 들었다.

그런 거조차 몰라줬으면서, 그래도 나는 차 율과 친하다고 생각한 게 싫어서. 칼을 꺼내 들고서 손목을 그었다. 피가 바닥에 떨어졌다. 피가 올라오면서 얇은 선이 하나 생겼다. 상처가 하나 더 늘었다. 한 번 더 긋고 싶었지만 참았다. 오늘 내가 또다시 자해를 했다는 걸 알면 차 율이 속상해할 테니까. 그 애를 더 속상하게 만들고 싶지는 않기에.

나는 다시 칼을 내려놨다. 피가 묻어 있는 칼이 전등에 비쳐 반짝거렸다. 나는 그 칼을 버렸다.

나를 위해서.

그리고 차 율을 위해서.

내가 아픈 걸, 내가 힘들어하는 걸 제일 싫어하는 널 위해서.

너는 지금 뭐 해?

나는 너 생각하면서 겨우겨우 버티고 있는데. 보고 싶어. 차 율. 아까 봤지만 또 보고 싶어. 나 너 좋아하는 건가. 지금 너 생각밖에 안 나는 걸 보면. 어쩌면 난 널 이미 좋아하고 있는 걸지도.

"학교 다녀오겠습니다."

오늘도 나는 평소처럼 여유 있게 학교로 향했다. 많이 덥지도 춥지도 않은 포근한 날씨에 웃으며 반에 들어갔다. 너무 여유로워서 문제였던 걸까. 애들이 나를 보는 시선이 평소와 달랐다. 나를 맞이해 주는 사람이 한 명도 없었다. 단 한 명도. 나는 아무 일도 없을 거라고 믿으며 자리로 향해 가던 중 애들의 눈빛이 나를 때리기 시작했다.

오늘 아침의 잔잔했던 평화는 그리 오래가지 못했다. 조금은 힘들었던 게 다른 애들한테도 티가 났던 걸까.

"은지야, 오늘 무슨 일 있었어?"

결국 보다 못한 내가 먼저 말을 걸었다.

아무 일도 없었다기에는 나를 쳐다보는 애들의 시선이 너무 따가워서.

"아니, 네가 하진이 뒷담 까고 다녔다며."

"그게 무슨 말이야? 누가 그래?"

어쩐지 요즘 이상하게도 아무 일이 없었네.

내가 원래 그렇잖아.

"수정이가 그러던데. 지혜야, 네가 잘못한 거 맞잖아. 그러니까 얼른 하진이한테 사과하고 끝내."

"수정이가 뭐라고 했는데?"

그래도 나는 한 번이라도, 1초만이라도 수정이가 그러지 않았을 거라고 믿고 싶었다.

"네가 한 거 그대로 말했지. 네가 수정이한테 하진이 뒷담 엄청 까고 친하게 지내지 말라 그랬다며. 그러고 너, 하진이 무리에서 하녀취급하고 그랬다며. 이거는 네가 잘못한 게 맞는 거 같애. 야, 나 같아도 빡치겠다."

또다시 시작인 건가. 작년에도 이때쯤 그 소문이 시작되었던 거 같은데. 사실이 아닌 소문은 사실인 소문보다 훨씬 더 빠르게 퍼진다.

나는 박수정을 찾아갔다.

나는 몇 개의 계단을 뛰어내리고 몇 개의 복도를 지나서야 박수정을 볼 수 있었다.

어제도 봤지만 오늘따라 더 보고 싶었던 얼굴이네.

박수정은 도서관에서 떠들고 있었다.

나는 지금 이렇게 너를 보러 뛰어왔는데. 너는 지금까

지 아주 여유로웠구나.

"박수정. 너 이게 다 무슨 소리야? 내가 하진이 욕했어? 네가 했잖아!"

"근데? 너도 같이 깐 거는 맞잖아."

"뭘 같이 까, 네가 혼자 욕하고 있는 거 네가 들어달래서 같이 있어준 거지!!"

"그래서, 뭐. 어쩌라고."

"뭐? 너 지금 그게 할 말이야? 네가 까놓고 내가 깠다고 뒤집어씌우고 애들한테 헛소문 내놓고서…"

"그게 왜 내 탓이야? 네가 다 자초한 일이잖아."

"뭔 소리야. 알아듣게 말해."

"하… 그니까 지혜야, 눈치를 좀 챙겼어야지. 왜 이제 와서 지랄이야… 짜증 나게."

"뭐?"

"애초에 내가 하진이 뒷담을 왜 까."

"무슨 소리야, 박수정."

"아 그니까, 우리가 다 짠 거라고. 우리가 너 무리에서 내쫓으려고 일부러 하진이 욕하는 척한 거라고!"

"그게 다 무슨 소리야…?"

"하… 진짜. 우리가 너랑 좀 놀아줬다고 진짜 친구인 줄 알았냐? 그냥 데리고 놀만해서 같이 놀아준 거지. 진짜 지 주제를 알아야지…"

이게 지금 다 어떻게 된 일일까. 어디서부터 잘못된 걸까. 지금 한순간에 일어난 모든 일들이 다 꿈만 같다. 그러고 나서 나머지 학교에서의 시간은 어떻게 지나갔는지 모르겠다. 아무리 떠올리려고 해도 기억이 나지 않았다. 그렇지만 확실한 사실은 있었다. 나는 지금 애들 사이에서 '같은 무리 애를 뒷담 까고 시녀취급 한 나쁜 년'으로 낙인 찍혀 있다는 거.

왜 맨날 나한테만 이런 일들이 생길까. 왜 자꾸 행복해지려고 하면 다시 불행하게 만들어 버릴까. 왜 나한테만 그럴까. 나도 힘든데.

학교가 끝나자마자 나는 바로 나갔다. 더 이상 이 숨 막히는 공간에 있고 싶지 않았다. 공원으로 향했다. 차 율이 보고 싶었다.

애들은 아무렇지도 않게 가는 나를 보며 떠들어 댔다.

중요하지 않았다. 애들이 나를 신경 쓰든지, 어떻게 생각하는지는 중요하지 않다, 이제는. 나를 보며 속닥거리는 애들이나 흘겨보는 시선 따위는 중요하지가 않다. 뭐 어쩌라고.

애초에 내 얘기 들어주려고 하지조차 않는 애들인데. 진실을 알고 싶어 하지도 않는데 내가 굳이 신경 쓸 필요는 없다. 나는 아무렇지도 않다. 그렇다고 믿고 싶다. 나는 괜찮다고. 다시 예전으로 돌아갈 일은 절대로 없을 거라고.

괜찮아, 백지혜. 절대로 그럴 일 없어. 그럴 거야.

애써 그렇게 생각했지만 자꾸 나는 또 나를 탓했다.

실은 나도 한참 전부터 다 알고 있었다.

내가 무리에서 점점 소외되고 있다는걸.

나를 이제는 다 싫어한다는 걸.

내가 어떻게 모르겠어.

얼마나 티가 났는데.

애들은 늘 나만 빼고 놀았고, 나만 모르는 이야기들을 했다. 애들은 '너는 몰라도 돼'라는 한마디로 다시 나를 소외시켰다. 그게 우리의 일상이었다.

하진아, 지아야, 수정아. 나는 늘 그게 신기했어. 어떻게 내 물건을 맨날 빌려 가서 함부로 쓰고 고맙다는 말 없이 불평으로 돌려줄 수 있는 건지. 다른 사람 물건을 빌려 가면서 고맙다는 말은 못 할망정 어떻게 그렇게 함부로 쓸 수 있는 건지.

나는 단 한 번도 너네가 나한테 물건을 빌려 갈 때 고맙다는 말을 들은 적이 없었어. 나는 그게 억울하고도 짜증이 났어. 뻔뻔한 너네의 모습에, 그거에 억울해하는 내 모습에.

모든 건 늘 다른 애들 중심으로 돌아갔고, 나에게 맞춰진 건 단 하나도 없었다. 나는 늘 그냥 그렇게 묻혀져서 지냈다. 있는 듯, 없는 듯 아무도 모르게.

우리는 어린 나이여도 중학생이면 다 알았다. 아는 사람이 많다는 게 뭔지, 회장의 권력보다, 선생님의 힘보다 인기 많은 애의 힘이 훨씬 더 세다는 거 정도는.

차 율이다.
그냥 왜 이 지경까지 되었을까, 하고 생각하면서 걷다 보니 차 율을 만나버렸다.

왜 이런 날에는 항상 차 율과 함께인 걸까.

우리는 아무 말도 하지 않았다. 그냥 가만히 공원을 돌았다. 차 율은 내게 아무 말도 하지 않았지만, 그마저 나에게는 위로로 다가왔다. 그냥 존재만으로도 차 율이 좋았다, 나는.

그런데 차 율은 아무 말도 없이 걷기만 하는 내가 위태로워 보였나 보다.

얘는 나를 너무 잘 안다. 이제는.

"무슨 일 있었어?"

"…없지는 않았어."

그래도 나도 나름 괜찮은 척, 억지로라도 웃어 보이려고 했는데 입꼬리가 자꾸 내려갔다. 웃어보려고 했는데 아예 웃지 못했다.

"무슨 일 있었네."

"……"

유일한 내 편을 만나서인지, 학교에서 참았던 서러움이 터져서인지 나는 참았던 울음을 터뜨렸다. 차 율은 우는 나에게 그냥 아무 말 없이 등을 토닥여 주었다. 오랜만에 느끼는 따뜻한 손길에 나는 더 울음이 났다.

"무서웠어. 그냥 다 너무 두려웠어."

"괜찮아. 내가 도와줄게. 내가 다 막아줄게. 아무도 너한테 뭐라고 못 하도록 내가 다 막아줄게."

고마웠다. 이렇게 말해주는 차 율이 고마웠다.

"힘들면 괜찮은 척 억지로 안 해도 돼. 울어. 울어도 돼."

울어도 돼. 그냥 너는 너만 하면 되는 거야, 지혜야.

그러니까 다 괜찮아, 백지혜.

"괜찮아질 거야. 다 괜찮아질 거야. 그러니까 걱정하지 마, 백지혜."

"듣기 싫은 건 안 들어도 돼. 굳이 듣기 싫은 거까지 네가 들어야 될 필요는 없어."

진짜 괜찮아질 수 있으려나. 내가 그래도 되려나. 걱정을 안 하려고 노력해도 걱정이 되었다. 내일 일어날 일들이, 그리고 내가.

"무슨 일 있었어?"

"학교에 소문이 났어. 내가 같은 무리 애를 욕하고 시녀취급 했다고. 내가 그런 게 아닌데."

"그래서 어떻게 했어?"

"따졌어. 제일 처음 소문을 낸 애한테 가서 따졌어. 근데, 다 내가 속았던 거였어. 제일 믿었던 애였는데, 걔가 나를 배신하고 다 나한테 뒤집어씌웠어. 솔직히 뒤집어씌운 것도 아니야. 그냥 내가 무리에서 나왔어야 하는데 그냥 눈치 없는 척, 있다가 그렇게 된 거지."

무슨 일이 있었는지 차 율에게 다 털어놓자 또다시 감정이 북받쳐 올랐다.

"힘들었겠네. 속상했겠다."

"속상했어. 힘들었어. 근데 걔가 한 말이 다 맞는 말이어서 그게 더 싫었어. 내가 진짜 내 주제도 모르고 나댄 거 아닌가, 싶기도 하고."

"지혜야, 만약에 네가 그랬다고 해도 그렇게 너를 판단하고 그런 짓을 한 걔네 잘못이지 네 탓 아니야. 네 잘못 아니야. 그러니까 자책하지 마. 다 걔네가 잘못한 거니까."

"알았어. 고마워, 차 율."

"말해줘서 고마워."

차 율의 위로는 지쳐서 온 나를 더 단단하게 만들었다.

###

"지혜니? 오늘은 좀 일찍 왔네."

"엄마… 나 오늘 조금 힘들었는데."

원래 같았으면 아무렇지 않은 척 아무 일도 없었다고 했겠지만, 왠지 뭔가 오늘은 그러고 싶지 않았다.

"왜? 무슨 일 있었어?"

"학교에서… 그냥 조금 친구들이랑 싸워서."

"지혜야, 친구들이랑 웬만하면 싸우지 말고 잘 지내."

"…엄마. 왜 싸웠는지도 안 들어보고서 왜 맨날 나한테 애들이랑 다 잘 지내라고만 해."

"친구들이랑 싸워봤자 좋을 게 하나도 없잖아. 네 나이 때 친구들끼리 싸우는 거 아무것도 아니야. 그리고 지혜 너에 대해서 엄마가 잘 아니까. 네가 참는 게 더 나을 거 같아서 하는 말이지…"

"엄마가 나에 대해서 뭘 아는데? 엄마 모르잖아. 작년에 내가 얼마나 힘들었는지, 오늘 무슨 일이 있었는지도!"

"또 그 얘기야? 그래, 그럼 한번 말해봐. 그때 네가 힘들었으면 뭐 얼마나 힘들었는데?!"

"엄마 그때 봤잖아. 내가 뭐 하고 있었는지, 엄마 봤잖아. 엄마 알잖아. 엄마 다 알잖아!! 내가 긋는 거 엄마가 다 봤잖아!! 근데… 근데 왜 모르는 척했어?"

"…그럼 내가 그걸 보고 뭐라고 했어야 하는데? 내가 뭘 어떻게 했어야 하는 건데!"

"…물어봤어야지. 엄마면, 나한테 물어봤어야지. 왜 그러는 거냐고, 뭐가 그렇게 힘드냐고 물어봤어야지!!"

"…나는 안 믿고 싶었어. 내 딸이 그런 걸 한다는 걸 믿고 싶지도, 알고 싶지도 않았어. 솔직히 내 딸이 친구들한테 그런 일을 당했다는 것도 안 믿고 싶었어. 나는 최고로 키웠는데, 그런 일을 네가 당한다는 사실을 믿고 싶지 않았어. 그래서, 그래서 그랬어."

"엄마는 나 최고로 안 키웠어. 최악으로 키웠어."

"…뭐…?"

"엄마는 나, 최악으로 키웠다고!!"

저 말이 엄마에게 어떻게 들릴지, 어떤 상처가 될지 나는 잘 알았지만 내 입에서는 또 마음에도 없는 소리가 나왔다. 어느새 엄마의 뺨에서는 또 하나의 상처가 물이 되어 흐르고 있었다.

엄마가 운다.

"…맞아. 엄마가 잘못했어. 다 아는데도 모르는 척했어. 지혜야, 미안해. 너무너무 미안해."

엄마도 아프게 울었다.

엄마는 나를 안았다. 내가 안은 엄마는 작았다. 너무너무 작아서 꼭 이 세상에서 사라질 것만 같았다. 나는 그런 엄마를 더 세게 안았다. 엄마는 나를 잘 모르지만 그 누구보다도 나를 좋아했다. 우리는 서로를 꽉 끌어안았다. 바닥은 차가웠지만, 엄마의 품은 따뜻했다.

엄마는 나를 가만히 쳐다보더니 다시 입을 열었다.

"지혜야, 나는 네가 처음 태어났을 때 너를 잘 안지도 못했어. 밥을 잘 주지도 못했어. 네가 너무너무 작고 소중했거든. 혹시나 내가 잘못 안았다가 네가 부서질까 봐, 밥을 잘못 줬다가 네가 아플까 봐. 엄마는 너를 그렇게 키웠어. 조심스럽고 소중하게. 그런 소중한 내 딸이, 자기를 아프게 하는 걸 봤을 때 엄마는 무슨 말을 해야 할지 고민했어. 어떤 말을 해야 마음에 와닿을까, 무슨 말을 해줘야지 네가 얼마나 소중한 존재인지 깨달을까. 근데 엄마는 아무 말도 못 했어. 엄마는 너무 무서웠어. 내가 혹시 잘못

말했다가, 너까지 내 곁을 나 때문에 영원히 떠나갈까 봐. 그때 아무것도 안 해줘서 미안해, 지혜야."

"나도 미안해 엄마. 미안해, 엄마."

  오랜만에 오랫동안 목욕을 했다. 마음에 남아 있던 상처들도 같이 씻겨나간 기분이었다. 뭔가 홀가분했다.

"지혜야, 오늘 학교에서 친구들이랑 무슨 일 있었어?"
"…학교에서 소문이 났어. 내가 같은 무리 애를 욕하고 시녀취급 했다고. 내가 한 게 아닌데. 그래서 제일 처음 소문을 낸 애한테 가서 따졌다? 근데 내가 다 속았던 거였어. 제일 믿었던 애였는데, 걔가 나를 배신하고 다 나한테 뒤집어씌웠어. 그래서 그냥 좀 힘들었어."

"걔가 잘못했네. 우리 지혜 많이 속상했겠다. 지혜야, 화가 나면 표현해도 돼. 속상하면 속상하다고, 화가 나면 화가 난다고 다 표현해도 돼. 엄마가 다 알아줄게. 엄마는 평생 지혜 편이야. 그러니까 엄마한테는 뭐든지 다 말해도 돼."

"알았어. 앞으로는 힘들면 엄마한테 다 말할게."

"그리고 지혜야, 엄마가 해줄 말이 있는데."

"뭔데?"

"지혜야, 지혜 아빠 있잖아."

"응."

"지금까지 엄마가 지혜 아빠에 대해서 아무 말도 안 해줘서 궁금했지."

"조금?"

"사실은 엄마가 지혜를 가지고 얼마 안 가서 아빠가 다니던 회사가 부도가 났었어. 그래서 빚이 엄청 생겨서 작은 집으로 이사 가고 그랬었다? 일을 빨리 구해야 하는데 일을 할 곳은 없고 빚만 계속 늘어갔었지. 근데 아빠는 그때가 너무 힘들고 가장이라는 무게가 무거웠나 봐. 아빠는 그걸 견디지 못하고 혼자 먼저 하늘나라로 가버렸어. 엄마랑 지혜만 놔두고."

어느새 엄마의 눈에는 그리움인지 원망인지 모를 무언가가 맺혀 있었다.

"… 그래서 엄마는 아빠 원망해?"

"아니, 엄마는 아직도 아빠한테 미안해. 괜히 엄마 때문에 아빠가 그런 선택을 한 게 아닌가 싶어서."

"……엄마 탓 아니야. 엄마는 그때 최선을 다한 거야."

"고마워 우리 딸, 그렇게 말해줘서."

"엄마, 엄마는 그럼 어떻게 살았어? 안 힘들었어?"

"힘들었지… 다 포기하고 싶은 순간들도 많았어. 근데 그런 생각이 들 때마다 네가 나를 보면서 활짝 웃어주더라? 너 보면서 매일을 버텼어, 지혜야. 너는 나한테 그렇게 소중한 존재야."

혼자서 나를 키우고 일을 하면서 힘들게 살았을 엄마의 모습을 떠올리니까 눈물이 났다.

엄마, 미안. 진짜 미안.

"지혜야, 지혜는 소중하니까, 지혜가 지혜를 아프게 하면 안 돼. 지혜가 지혜에게 제일 잘해줘야 돼. 그러니까 앞으로는 절대 지혜 아프게 하지 마, 알겠지?"

"알았어, 엄마. 앞으로는 절대 안 할게. 안 그럴게."

나는 엄마 품속으로 들어갔다.

"아이고, 우리 지혜 언제 이렇게 다 컸대? 언제 이렇게 컸어…"

엄마의 품은 따뜻하고 포근했다.

엄마는 항상 기다리고 있었다. 내가 나의 마음을 얘기

해 주기를. 그리고 항상 내 편이었다. 뒤에서 나를 지켜주고 있었다. 아직은 어색한 말들을 나한테 하는 엄마였지만 그래도 좋았다.

오늘도 다시 학교로 갔다. 엄마는 힘들면 조퇴해도 되고, 안 가도 된다고 계속 얘기해 주었지만 나는 가고 싶었다. 오늘은 꼭 받고 싶었다.

오늘도 어제와 달라진 건 딱히 없었다. 애들은 똑같이 나를 보며 수군거렸고, 모두들 나를 동정으로 대하며 불쌍한 듯이 쳐다보았다. 이미 그럴 것을 알고 있었기에 괜찮았다.

근데 아무렇지 않지는 않았다. 아무렇지도 않았다고 하기에는 다른 아이들의 그 시선들이 조금은 아팠다. 그 반응들이 조금은 무서웠다. 내 얘기를 하는 그 소리들이 아팠다. 그래서 조금은 힘들었다. 아주 조금은. 그래도 이 정도면 버릴 수 있다.

박수정은 그래도 무리 안에서 내가 가장 믿었던 애였다. 가장 나에게 친절했고 잘 대해주었다. 같은 무리 안에서 다른 애들이 함부로 대할 때 그 애만은 그러지 않았다. 그래서 나는 더 믿고 내 마음을 많이 내어주었다. 그런데 이번에도 또 나만 그렇게 생각했나 보다.

어릴 때부터 나는 착한 아이였다. 잘 웃고 양보를 잘하는. 잘 울지 않고 성질을 부리지 않는. 어린 내가 환하게 웃으면 어른들도 따라 웃었다. 내가 웃으면 좋아했다. 그런데 내가 울면 다들 싫어했다. 힘든 표정을 지으며 나를 바라보았다. 그래서 더 안 울려고 했다. 더 웃으려고 노력했다. 그건 한참 어린 나도 알았다. 뭐가 좋고 뭐가 좋지 않은 건지.

어른들은 내가 양보를 하면 칭찬을 해주었다. 근데 그건 양보가 아니었다. 다른 아이가 내 것을 빼앗아 가는 거였다. 하지만 어른들은 그걸 양보라고 부르며 그런 나를 칭찬했다. 가끔 내가 짜증을 부리며 성질을 내면 어른들은 또다시 힘든 표정을 지었다. 그래서 나는 성질을 부리지 않았다. 양보를 해주었고 짜증을 부리지 않았다. 그렇게 나는 착한 아이가 되어야만 했다. 착한 아이는 힘들다.

아끼는 것을 뺏기고 바보 소리를 들어도 화를 낼 수가 없다. 나는 착한 아이인데. 화를 내는 나쁜 아이가 될까 봐 두려웠다. 화를 낸다고 해서 무조건 나쁜 아이인 거는 아닌데. 나는 왜 그걸 몰랐을까. 그 쉬운 걸 왜 몰랐을까. 당연한 건데. 가장 쉬운 건데.

###

"야, 박수정. 사과해."
"뭐?"
"너 나한테 사과하라고."
"내가 너한테 왜 사과를 해… 웃긴다, 너?"
"나한테 사과하라고. 네가 잘못한 거 맞잖아."
"네가 애초에 눈치 잘 챙겼으면 그런 일 없었잖아! 아니면 네가 나대지를 말던가. 자기가 자초해 놓고 이제 와서 난리야, 짜증 나게, 역겨워."

너는 내가 용기 내서 부탁한 말에 짜증이 났구나. 막상 짜증을 내야 할 사람은 네가 아니라 난데.

더 이상은 상대하기가 싫었다. 옛날에 이딴 애하고 어울렸다는 생각에 역겨웠다. 아까워.

이런 애랑 보낸 시간이, 잘 지내보려고 애쓴 내 노력들이 처음으로 아깝다는 후회를 했다. 내가 준 마음들이 처음으로 아깝다고 생각했다.

내가 많은 걸 바란 건, 아니었다. 내가 바란 건 항상 단 하나였다. 사과. 다시는 보지 않는다거나, 더 이상 같이 놀지 않는다는 게 아니었다. 진심을 담은 사과였다.

그런데 조금은 속상했던 건, 다 맞는 말이었다. 박수정이 나에게 한 말 중 틀린 건 없었다. 그래서 박수정의 말에 딱히 반박할 수가 없었다. 틀린 말은 그중에 없었다. 다 진실이었다.

나는 아무 대답도 하지 못했다. 이번에도 나는 바보같이 내가 역겹다는 이 애한테 따지지도 못했다.

나는 원래 이런 사람인데, 눈치 없는 사람인데, 이런 내가 싫어서 너는 내가 싫다면. 나도 너 싫어.

나도 나 그대로를 사랑해 주고 존중해 주는 사람이 더 좋다. 이제는 나를 싫어하는 사람을 이해하려고도, 배려하려고도 하지 않을 거다. 모두에게 사랑받으려고 노력하지도 않을 거다. 내가 사랑하는 사람들에게, 나 그대로를 사랑해 주는 사람들을 위해 노력할 거다. 내 사람들을 위해서, 그리고 사랑하는 나를 위해서. 남이 아닌, 그 누구보다도 소중한 나를 위해서. 남보다 더 귀한 나를 위해서.

사과를 받지 못해서 조금은 속상했다. 그래도 하나 달라진 건 있었다. 지금의 나는 옛날의 나보다는 많이 발전했다는 거. 옛날에는 친구들과 싸우고 내 탓을 했다면, 이번에는 내 탓을 하지 않았다.

눈치 없다고 헛소문을 낸 박수정을 탓했고,

그냥 소문만 믿고 센 쪽에 붙어버린 애들을 탓했다.

이제 나는 학교에서 다시 혼자가 되었다. 내가 뒷담을 까고 하진이를 시녀취급 했다는 헛소문을 듣고서 거의 모든 아이들은 나를 기피했다. 나에게 다가오려고 하지 않았다. 조금 친했던 친구들도 다 나를 버렸다. 처음에는 모두에게 버려졌다는 생각에 속상했다. 하지만 혼자도 생각보다 좋았다. 다른 애들의 눈치를 보지 않아도 되었다. 그렇지만 외롭고 힘들었다. 다른 애들의 시선을 혼자서 버려내는 건 생각보다 더 힘들고 외로운 일이었다. 하지만 이제는 괜찮다. 나에게는 소중한 내 편들이 있으니까. 나를 사랑해 주는 사람들이 있기에 나는 버틸 수 있다. 어느새 나도 모르는 사이에 나는 조금씩 성장하고 있었다. 앞으로 조금씩 나아가고 있었다.

###

"오늘은 별일 없었어?"

오늘도 아무 말 없이 그냥 걷기만 하는 내 모습이 차율이 보기에는 위태로웠나 보다.

"딱히 별일 없었어."

"다행이다…"

내가 아무 일도 없었다고 답하자 그제서야 안심한 듯 웃으며 답하는 네가 내 눈에는 너무 귀여웠다.

"아 맞다. 잘 해결됐어?"

"응… 예전만큼은 아니지만 그래도 많이 나아졌어."

"다행이네."

"그치, 다행이지."

꽃들이 하나둘씩 예쁘게 피고 아쉽게 지는 계절이다. 꽃들과 함께 내 마음속 깊이 숨겨져 있던 아픈 상처들도 하나둘씩 아물고 있었다. 차 율의 상처도 나랑 같이 조금씩 아물고 있었다. 우리들의 마음은 서로에 의해 채워지고, 치유되고 있었다.

세상이 변해서 우리가 조금씩 나아질 수 있었던 건지, 아니면 우리들이 변한 건지는 모르겠다. 하지만 확실한 건 있었다. 우리가 예전보다는 좀 더 단단해졌다는 거.

차 율과 나는 이제 서로가 있기에 괜찮다. 가끔 무너지게 되어도 다시 일어서면 되니까. 조금 쉬었다가 다시 일어나서 앞을 향해 나아가도 되니까. 그래도 늦지 않아서. 우리가 그걸 이제 아니까 괜찮다.

아마 그 소문이 없어지기까지는 오래 걸릴 거다. 아주 아주 오래. 어쩌면 1년이 지나도, 2년이 지나도 나를 계속 따라다닐 수도 있다. 그래도 괜찮다. 그게 사실이 아니니까 그러니까 평생 나를 붙어 다닌다 해도 상관없다. 내가 한 짓이 아니니까.

"지혜 왔어?"

"엄마~"

"어머. 얘가 왜 이래~ 안 하던 짓을 다 하고…."

"그냥… 엄마 한번 안아보고 싶어서."

"학교에서 엄마 보고 싶었어?"

"응응, 당연히 엄청 많이 보고 싶었지이."

"지혜야, 엄마가 밥해놨는데 먹을래?"

"먹을래! 나 배고파, 엄마~"

"얼른 차려줄 테니까 빨리 씻고 나와~"

"네에."

엄마와는 전처럼, 아니 전보다 더 가깝게 지냈다. 엄마는 내 얘기면 무조건 다 들어주었고 내 일을 엄마 일처럼 진심으로 공감해 줬다.

아직도 엄마는 완벽하지 않았다. 아마 앞으로도 완전히 완벽하지는 못할 거다. 그래도 괜찮다. 적어도 나에게 있어서 엄마는 완벽할 필요가 없으니까. 이제는 그냥 존재만으로도 충분한 엄마이니까.

그리고 그 후로 나는 자해는 하지 않았다. 그게 나를 사랑해 주는 사람들에게 해줄 수 있는 보답인 거 같았다. 내가 나를 아껴주고, 사랑해 주는 거. 행복하게 잘 살아주는 게.

나는 힘든 일이 있으면 엄마와 차 율에게 다 털어놓았다. 엄마와 차 율은 무슨 일이든지 상관없이 내 얘기를 모두 다 들어주었다. 그리고 같이 욕해주었다. 내 편인 사람들은 항상 내가 먼저 내 얘기를 해주기를 기다리고 있었다. 고마워, 엄마. 고마워, 차 율.

그리고, 고마워, 지혜야. 오늘도 살아줘서.

오늘도, 어제도, 내일도.

내일의 내가 진짜로 죽을지 안 죽을지는 나도 모르겠다. 그러나 내일은 적어도 나 때문에 내가 안 죽을 거라는 확신은 있다. 아마 그런 상황이 온다면 차 율이, 엄마가 그리고 내가 나를 막을 테니까.

내일은 내일의 내가 다른 이유로 살아가겠지. 어떻게 해서든지 살아내겠지. 버텨내겠지. 이제는 내일이 걱정되지 않는다. 내일 일어날 일들이 걱정되지 않는다.

나는 이제 나를 믿으니까. 내일의 내가 잘 버텨낼 거라고, 잘할 거라고 이제는 믿을 수 있으니까.

나의 예쁜 미래가, 찬란할 미래가 이제는 조금씩 보이기 시작했다.

###

"백지혜."

"왜?"

"예쁘다."

"뭐가?"

"그냥. 예쁘다고, 너."

갑자기 불러놓고서 예쁘다고 말하는 차 율이 너무 웃겨서, 좋아서 웃음이 나왔다.

"…웃었다."

"뭐가?"

"너 웃었어. 방금."

"…?"

"웃으니까 더 예쁘네."

"……"

웃어서 더 예쁘다는 얘가 좋아서.

그래서 또 웃음이 흘러나왔다.

"너 이제 다시 웃을 수 있는 거야?"

"몰라."

나는 괜히 부끄러워서 얼굴을 붉혔다.

나를 사랑스럽게 쳐다보는 네가, 나는 너무 좋아서.

지금 이 따뜻한 날씨가, 산들거리는 바람이 좋아서.

무엇보다도 너무 행복해서.

행복한데도 다시 또 불행해질까 봐 무섭지가 않아서.

아, 이런 게 행복이었구나.

나는 찾을 수 있었다. 차 율의 말처럼 결국 나는 찾아냈다. 행복을.

내 행복은 내가 좋아하는 사람과 시간을 보내는 거였다. 사랑하고 사랑받을 사람이 있다는 게 나의 행복이었다. 차 율의 행복은 아마 나와 다를 것이다. 모양도, 색깔도. 그래도 괜찮다. 내가 꼭 차 율을 행복하게 해줄 거니까. 그러니까 상관없다. 어떤 모습이든 내가 행복하게 만들어 줄 테니까.

"다행이다. 다시 웃어서."

"고마워."

"뭐가?"

"네가 나 웃게 만들어 준 거야. 네 덕분에 내가 지금 여기 있고 내가 다시 웃는 거야. 고마워, 차 율."

"나도. 고마워, 백지혜. 다시 웃어줘서."

우리들의 모든 순간들은 빛났다. 차 율과 나는 항상 반짝이며 빛나고 있었다. 단지 그걸 우리가 몰랐을 뿐. 우리는 그 누구보다도 더 화려하고 예쁘게 빛났다. 각자의 색을 내며.

아직도 우리는 어렸다. 우리는 아직도 조금은, 아주 조금은 아프다. 그런데 이제 우리에게는 그 아픔을 이겨낼 힘이 있다. 서로가 서로에게 그 힘이 되어주었으니까. 그게 우리가 성장했다는 증표였다.

차 율과 나는 예쁘게 지고 있는 노을에 마치 아름다운 하나의 그림처럼 옥상에 앉아 있었다.

여름이 우리에게 다가오고 있었다.

여름이다.

에필로그

2025년 09월 01일

2학기가 시작되었다. 가을도 같이 시작되었다.

아직도 이하진네 무리는 여전히 나를 무시하고 내 욕을 한다. 근데 이제는 괜찮다.

나에게는 차 율이 있고 또 새로 생긴 친구 은아가 있으니까. 무엇보다도 나에게는 나를 사랑해 주는 사람들이 훨씬 더 많이 있으니까. 그거면 충분하다.

아, 그리고 정지윤이 나한테 와서 사과를 했다.

작년에 괴롭혀서 미안하다고. 용서해 주는 거는 안 바라는데 그냥 사과를 해야지 자기 마음이 편할 것 같다며 나를 찾아왔다. 그래서 그냥 받아줬다. 뭔가 그래야지 내 마음도 편할 것 같아서. 잘한 일인지는 잘 모르겠지만 그래도 좋았다. 사과받아서.

아마 정지윤과 친구로는 지내기 어렵겠지만 뭔가 내가 더 나은 사람이 된 것만 같았다.

아, 그리고 차 율은 검정고시를 준비한다고 했다. 나랑 같이 고등학교에 가야겠다며 벼르고 있다.

여기까지가 나의 최근 근황이다.

작가의 말

행복해지기 위한 조건

　행복이란 무엇일까요?

　제 첫 번째 소설은 이 질문에서 시작했습니다.

　여러분에게 행복이란 무엇인가요? 어떤 존재인가요?

　아마 이 질문의 대답은 사람마다 다 다르게 답할 거 같습니다.

　만약 저에게 행복을 물으신다면, 저에게 행복이란, 사랑하고 사랑해 주는 사람들이 있다는 거 같습니다. 제가 생각하는 행복은 그렇습니다.

　이 책의 주인공인 지혜는 친구관계로부터 많이 상처받고 많이 힘들어하던 아이입니다. 차 율은 형을 잃고 난 뒤

가장 사랑하던 사람으로부터 큰 상처를 받은 아이입니다. 둘 다 사람에게 받은 상처가 많은 아이들입니다.

제 첫 소설을 쓰면서 많은 생각을 했습니다.

내가 지혜와 율을 통해서 내 진심을 잘 전달할 수 있을까, 내가 책을 낸다고 해서 어떻게 세상이 조금이라도 바뀔 수 있을까.

이러한 생각들로 인해 가끔은 집필을 주저했던 적도 있었습니다. 그럼에도 제가 계속해서 집필할 수 있었던 유일한 이유는, 알려주고 싶었습니다. 행복을 위해서 오늘을 희생시키고 있는 사람들에게.

힘들면 그냥 잠시 쉬어가도 되는 거라고. 그래도 늦지 않습니다. 안 괜찮으면 안 괜찮아해도 됩니다. 우리는 그래도 되는 겁니다. 사람이니까 행복해도 되고 힘들어해도 되는 겁니다. 불안해해도 불행해도 됩니다. 다시 행복해지면 되니까요.

그게 제가 이 소설을 쓴 이유입니다.

행복하기 위한 조건은 없습니다. 그냥 자기가 좋아하는 일을 하고 좋아하는 사람들과 시간을 보낼 수 있다면 그걸로 충분합니다.

그러니까, 미래의 행복을 위해서 오늘을 불행하게 살

지는 말아요, 우리. 안 그래도 괜찮아요. 오늘이, 지금 이 순간이 행복하다면 내일도 행복할 거예요.

처음인 만큼 많이 부족했을 13살의 제 첫 소설, 끝까지 읽어주셔서 감사합니다. 그리고 이 책이 세상 밖으로 나올 수 있게 도와주신 모든 분들께 감사인사를 전합니다.

당신의 오늘이 행복하기를 바라며.
2025. 07. 17, 이 책의 마침표를 찍습니다.

- 소연 -

초판 1쇄 발행 2025. 7. 31.

지은이 소연
펴낸이 김병호
펴낸곳 주식회사 바른북스

편집진행 김재영
디자인 김민지

등록 2019년 4월 3일 제2019-000040호
주소 서울시 성동구 연무장5길 9-16, 301호 (성수동2가, 블루스톤타워)
대표전화 070-7857-9719 | **경영지원** 02-3409-9719 | **팩스** 070-7610-9820

•바른북스는 여러분의 다양한 아이디어와 원고 투고를 설레는 마음으로 기다리고 있습니다.

이메일 barunbooks21@naver.com | **원고투고** barunbooks21@naver.com
홈페이지 www.barunbooks.com | **공식 블로그** blog.naver.com/barunbooks7
공식 포스트 post.naver.com/barunbooks7 | **페이스북** facebook.com/barunbooks7

ⓒ 소연, 2025
ISBN 979-11-7263-506-0 03810

•파본이나 잘못된 책은 구입하신 곳에서 교환해드립니다.
•이 책은 저작권법에 따라 보호를 받는 저작물이므로 무단전재 및 복제를 금지하며,
이 책 내용의 전부 및 일부를 이용하려면 반드시 저작권자와 도서출판 바른북스의 서면동의를 받아야 합니다.